殺人事件に巻き込まれて走っている場合ではないメロス

五条紀夫

角川文庫
24528

目次

第一話　メロスは推理した

メロスは激怒した。不甲斐ない自分に激怒した。

むかし紀元前三六〇年、地中海の青い波間に浮かぶシケリア島、その豊かな大地の上をメロスは故郷の村に向けて走っていた。無言のまま肯いた佳き友の姿を想う。メロスは単純な男であった。一時の衝動、いうなれば我が身の未熟によって、佳き友である『彼』は縄打たれてしまった。けれども、かの邪智暴虐の王を仕留めなければならぬという考えに間違いはなかったはず。足りなかったものは思慮深さ、あるいは計画性、加えて、何者をも薙ぎ払うフィジカルであろう。

「不甲斐ない。なんと不甲斐ないのだ」

メロスは走りながら、自身の上腕に膨らむ筋肉を、えい、えいと大声あげて幾度も叩いた。警吏の一人や二人、いや、三人や四人、いやいや、もっと大勢いたであろうか、とにかく、全ての捕縛者を殴り倒せていたならば、いまごろは、竹馬の友と膝を交えて、ワヰン片手にアンチョビのパスタでも食していたかも知れぬ。ひと握りの智慧と、さらなる腕力、それらを持ち合わせていなかったことを、メロスは後悔せずにはいられなかった。
さりとて、覆水は盆に返らず、盆に帰るはキュウリに跨った先祖の御霊だけ、すでにやらかしてしまったことは仕様がなく、身代わりとなって捕縛された『彼』のために、いまは力の限り走らざるを得ない。フィジカルである。再びワンダフルなフィジカルが必要とされているのである。

メロスは、夜のうちに首都シラクスの市を発ち、一睡もせずに十里の路を急ぎに急いだ。早馬があれば、どれほど良かったであろう。いまは一刻を争う。それこそキュウリに四本の棒を刺して作った馬でもよい。いやはや、ここは地中海の島、キュウリよりもズッキーニがよいであろうか。ところが、ズッキーニは十六世紀に北米より伝来した作物、ここ紀元前のギリシア文化圏には無いのである。同様に、メロスの手元には、馬など、無いのであった。メロスは、貧しい農村の牧人である。笛を吹き、羊と遊んで暮してきた。父も、母も無い。女房も無い。十六の、内気な妹と二人暮しである。馬のような高価な家畜を手に入れられるはずもなく、誇れる財産といえば、わずかな羊と、健康優良な肉体のみ。

二本の脚という、幾つもの筋肉が組み合わさった走るための器官、または、機関を、懸命に前へ前へと出す。そうして、村へ到着したのは、あくる日の午前。陽はすでに高く昇って、村人たちは野に出て仕事を始めていた。

メロスの十六の妹、イモートアも、今日は兄の代わりに羊群の番をしていた。村の入口に広がる草原に立つ彼女は、よろめいて歩いてくる兄の疲労困憊(こんぱい)の姿を見つけて驚き、うるさく質問を浴びせてきた。

「……ねえ、兄さん、いったい何があったの」

イモートアには、シラクスに買い出しに行く、と伝えてあった。シラクスは遠く離れた市である。帰宅するのは幾日も先の予定であった。

仔細(しさい)を伝える必要もあるまい。メロスは無理に笑おうと努めた。

「なんでもない」

イモートアは、首を傾げつつも、首を突っ込んではならぬと察してか、メロスに倣って笑みを湛(たた)えた。

「なんでもないなら良かったわ。二年振りのシラクスは楽しかったかしら？　セリヌンティウスさまにも、お逢(あ)いしたのでしょう？」

おお、セリヌンティウス。竹馬の友よ――。

妹の口から『彼』の名が出たことにより、いささか動揺した。メロスは、顔を隠すように、そっぽを向いた。すると、視界の隅に小さく『奴』の姿が映った。

「兄さん？　本当に大丈夫？」

「あ、ああ、なんでもない。なんでもないぞ、イモートア」

「それなら良かった。それなら良かったわ、兄さん」

遠く木の陰から『奴』は、こちらの様子を窺っている。やはり、『奴』は、どこまでもついてくる、そういう存在なのであろう。

メロスは気を取り直して、イモートアのほうへ向き直った。

「ただ、シラクスに用事を残してきた。またすぐ市に行かなければならぬ。そこで明日、お前の結婚式を挙げる」

「そんな、急過ぎるわ」

「急なものか。お前には優しい婚約者がいるではないか。早いほうがよかろう」

イモートアは頰を赤らめた。

「嬉しいか。綺麗な衣裳も買ってきた。さあ、これから行って、村の人たちに知らせてこい。結婚式は明日だと！」

メロスが言いたいことを一方的に告げると、イモートアは、縦笛を吹いて羊群を操り、引き連れ、羊小屋に向かった。

取り残されたメロスのもとに、『奴』が、近寄ってくる。

「なぜ私のことを伝えなかったのだ、メロス」

と、馴染みのある声で、眼の前の『奴』は言った。

私のこととは、どのことであろう。シラクスでの出来事か。そうでなければ、

「お前のことを村の皆に紹介しろとでも言うのか」

「紹介とは大仰だ。この村は私にとっても故郷なのだから、幾年振りに竹馬の友が帰省した、そう伝えればよいだけではないか」

聞き紛うことはない。その声は、佳き友セリヌンティウスと全く同じ。いや、声だけではない、姿も、捕縛された佳き友と全く同じであった。

「本物ならば、それも厭(いと)わぬ。だが……」

俯(うつむ)いて言い淀(よど)むと、眼の前の『奴』は少しく笑った。

「ははは。まあ、よかろう。私も悪目立ちはしたくない。おとなしくしよう」

メロスが顔を上げると、セリヌンティウスの姿をした『奴』は、いなくなっていた。

小屋に羊を移動し終えたイモートアが戻ってきて、不思議そうに眼を瞬(しばたた)いた。

「兄さん、誰と話していたの？」

「独り言だ。独り言に決まっているではないか」

メロスは、また、笑顔を作って、よろよろと歩きだした。それから家へ帰って神々の祭壇を飾り、祝宴の席を調え、間もなく床に倒れ伏し、呼吸もせぬくらいの深い眠りに落ちてしまった。

眼が覚めたのは日暮であった。

メロスは起きてすぐ、花婿の家を訪れた。

「ムコスよ、少し事情があるから、結婚式を明日にしてくれ」

花婿の牧人ムコスは、困った様子で、首を横に振った。

「お義兄（にい）さん、それはいけない。こちらには、まだ、なんの仕度もできていない。葡萄（ぶどう）の季節まで待って下さい」

「待つことはできぬ。どうか明日にしてくれたまえ」

メロスは押して頼んだ。けれども花婿ムコスも頑強であった。なかなか承諾してくれない。小さなテーブルを挟んで問答を繰り返していると、やがてムコスの父と母も話に加わった。その父母も、ムコスと同様、頑強であった。

特に父ギフスは、腕組みをし、ひどく露骨に渋い顔をした。

「メロスよ。父と母が無く、親代わりとしてイモートアを育ててきたお前の、はやる気持ちは理解できる。しかし、急（せ）いては事を仕損じる」

身につまされる。急いたがために佳き友は捕縛されてしまった。けれども、

「婚礼の儀で、いったい何を仕損じると言うのでしょう」

「悪い予感がする。予感がするのだ、メロス！」

「私には時間がない。時間がないのです、ギフス殿！」

拳（こぶし）を握って、身を乗り出す。物々しい気配を察してか、ムコスの母ギボアが、慌てて仲裁に入った。落ち着いて下さい、とギボアは二人をなだめ、それから、石を打っ

て陶製のランプに明かりを灯(とも)した。じっくりと遅くまで話をしようという意思表示であろう。案の定、議論は永く続いた。

やっと、どうにか婿一家をなだめ、すかし、説き伏せることができた時には、深夜になっていた。妹の結婚式は明日の真昼に行なわれることとなった。

メロスは、胸を撫(な)で下ろしてムコスの家を辞した。居待の月が浮いている。紛れもなく夜更けである。それにもかかわらず、辺りは明るかった。見ると、至るところで篝火(かがりび)が灯っていた。日頃であれば、外で火が焚(た)かれることはなく、村人たちはとうに眠っている時刻である。おそらくは、イモートアが言いつけどおりに、明日結婚式を行なう、と村中に触れ渡したがため、皆が夜を徹して仕度をしているのであろう。耳を澄ませば、あちこちから、歌と、楽器の音が聞こえてくる。式で奏される祝婚歌の調べである。演奏の担当者たちが練習しているものと思われる。

高く澄んだ笛の音、あれは若き牧人、フエニスによるものであろう。彼が吹く縦笛の音は羊でさえうっとりするほどである。力強い竪琴(たてごと)の音、あれは若き大工、コトダロスによるものであろう。職人気質(かたぎ)な彼らしい非常に規則正しい旋律である。二人は別々の場所で練習しているらしく、違う方向から音色は聞こえてきていた。また、納得する音が出ないのか、二人とも途中で演奏を止めたり、同じフレイズを繰り返したりしている。真剣である。誰もが真剣に仕度に取り組んでいるのである。

メロスは感慨を噛み締めた。村の佳き人たちが、我が妹のために、奮励努力してくれている。これほどの幸福が他にあるだろうか。私がいなくなっても、信頼に足る優しい人々に囲まれて、妹イモートアは安穏と過ごせるに違いあるまい。

鳴り止むことのない演奏を聴きながら、メロスは目頭を押さえて、帰路に就いた。

家の中は静かであった。

すでにイモートアは、間仕切りを挟んだ向こう側で、眠っているようである。メロスは寝台に腰掛け、膝の上に両肘を載せて深く項垂れた。

「ずいぶんと疲れているようだな」

声がした。振り返ると、壁際に、セリヌンティウスの姿をした『奴』がいた。

「また、お前か。家の中にまで現れるとは……」

「ははは。仕方あるまい。私の生家はとっくにこの村に無い。なにより、私は言ったではないか、君と共にいる、と」

勝手にすればよい。メロスはものも言わずに一つ肯いた。

そんなメロスを見て、佳き友の姿をした『奴』は、それはそうと、と前置きしてから、別の話を切り出してきた。

「ギフスさんは異様に頑なだったな、メロス」

花婿ムコスの家でのことを思い返す。

「全くだ。結婚式くらい、ボードゲームの誘いに応じるように、二つ返事で承諾してくれればよいものを」

「流石に結婚はそこまでカジュアルではないぞ、メロス。とはいえ、あそこまで拒絶することでもない。君とギフスさんの口論は家の外まで響いていた」

「ギフス殿には何か事情があるとでも言いたいのか？」

「分からぬ……いずれにしても、結婚式は行なわれることとなったのだ、いまは神々に感謝しようではないか。式が終わったら、君はシラクスを目指し、また走るのだろう？　今夜はもう遅い。英気を養うために共に休もう」

言われるがまま、メロスは身体を横たえて眼を閉じた。外からは未だ、楽器の音や、村人たちの騒めきが聞こえていた。

どれほど眠ることができたであろうか。

メロスは、女の悲鳴で眼を覚ました。

慌てて外に飛び出す。陽は低い。どうやら早朝のようである。眩しさに眼を細めながらも、メロスは悲鳴の出どころへと急いだ。たしか、女の声がしたのは羊小屋のほうだ。メロスが所有する羊小屋は、自宅から十丈ほどの位置にあった。

羊小屋の前には、すでに人だかりができていた。朝早くから結婚式の仕度を調えていた人たちが、メロスと同じく悲鳴を耳にして、すぐ集ったようである。その人混みの中心に、ムコスの母ギボアが、両手で口を押さえて、がたがた震えながら立ってい た。 彼女の視線の先には、赤い水溜りがあった。 羊小屋の扉の下から、涸れかけの湧き水の如く、ちろちろと赤い液体が流れ出て、生臭さを漂わせていたのである。 明らかに血液である。 その量を見るに、扉の向こう側で、何かが、死んでいるのであろう。 グロテスクな有様と言える。 けれども、ギボアが大袈裟に悲鳴をあげるようなこととは思えなかった。 メロスの羊小屋の中で死んでいるのは、当然メロスの羊である可能性が高く、悲鳴をあげたいのは、むしろ、メロスである。

遅れてやって来たイモートアが、不安を顔に張りつけて、

「いったい、何があったの?」

尋ねられても、メロスとて事情を解していないのは同じ。小さく首を傾ぐ。

すると、ギボアの傍らにいたムコスが、乱れた呼吸と共に、皆に説明を始めた。

「昨晩から、父の行方が分からないのです――」

ムコスの父ギフスが、昨晩、メロスとの議論を終えた後に、家を出ていったまま戻っていないそうである。家を出る時の様子が不自然だったがゆえに、心配になったムコスとギボアは、一晩中、ギフスのことを捜した。そうして、夜明けのころに血溜りを見つけたのであった。 羊小屋の前で震えるギボアは、流れ出る血液の源泉はギフスの肉体かも知れぬ、と考えているようである。

さりとて、そんなはずはあるわけがない。

羊小屋には二つの扉が設けられている。一つは、羊群が出入りするための観音開きの扉で、内側から閂がかけられている。もう一方は、まさにいま血液が流れ出ている人が出入りするための扉で、外側から閂がかけられている上に、その閂は錠で固められている。メロスとイモートア以外、何者であろうと、小屋に出入りすることはできぬのである。屋内でギフスが死んでいるなど、あろうはずがない。

「あなた……あなた……」

呻くように囁くギボアを横目に、メロスは進み出て、血溜りを蹴散らし、扉の前に立って錠に触れた。やはり解錠された痕跡は無い。

この時代、ギリシアの都市部では、金属で作られたパラノス錠という、いわゆる錠前が普及しつつあったが、メロスが暮すような農村では、未だ、単なる革紐が錠として利用されていた。閂を革紐で複雑に結い固めるのである。その結び方は各家庭によって異なり、一族の者だけが、錠をかけたり、解いたりすることができる。

羊小屋を封じる革紐の錠は、間違いなく、メロスの家に代々伝わる結び方が施されていた。妹の婚約者であるムコスにも結び方は教えていない。つまり、昨日イモートアが錠をかけて以降、確実に、この扉は閉ざされたままである。

周囲の眼が、早く扉を開けて確かめよ、と急かしてくる。メロスは慣れた手付きで革紐を解き、閂を横へスライドさせた。と同時に、何かの重みによって、扉は勝手に外側に向けて開いた。何かは、扉に寄りかかっていたのである。

転び出たのは、ギフスであった。

ギフスは扉に背中を擦りつけながら、ゆっくり仰向けに倒れ、血の染み込んだ泥の上に、ぐちゃりと音をたてて寝転んだのであった。

ギボアが再び悲鳴をあげ、ギフスの亡骸に縋りつく。そう、亡骸である。ギフスは胸から大量の血を流して明らかに死んでいた。侵入不可能な小屋の中で、心臓を一突きにされ、絶命していたのである。すなわち、これは、

密室殺人である——。

南無三、どうしたものか。間もなく親戚になるはずであった愛すべき村人が亡くなって、もちろんメロスとて悲しい。犯人を生かしてはおけぬとも思っている。けれども、ここで時間を取られては、さらなる犠牲者が生じかねないのである。速やかに結婚式を終えて、シラクスまで走らなければ、竹馬の友、セリヌンティウスも、殺されてしまうのである。約束を違えるわけにはいかぬ。

メロスは、村人たちの前に立ち、胸を張った。

「背に腹は代えられぬ。ギフス殿の亡骸は放っておいて、結婚式を敢行するぞ」

言い切ると、短い静寂の後に、いやいやいや、という大合唱が起きた。軽蔑の眼差

しがメロスに注がれる。事情を知らぬのでは仕方あるまい。しかし、どうすればよいと言うのだ。所有する羊小屋が殺害現場とはいえ、事件の責を負う謂れはない。とにかく、時間がないのだ。私は走らなければならぬのだ。

焦燥に駆られて、さらなる主張をしようとした時、それを遮るように、若き牧人フェニスが、さっと片手をあげた。

「この村人の中に犯人がいるというのに、祝宴など挙げられますでしょうか」

聞き捨てならぬ。

「フェニスよ。お前は、村の仲間を疑うのか？　何を根拠にそんなことを言う。もし根拠もなく不穏当な発言をしたのならば、許しはせぬぞ」

「僕は昨晩、屋外で縦笛の練習をしていました。他の人たちも、清めの水を泉まで汲みに行ったり、花冠を編むための草花を摘みに行ったり、ずっと屋外で作業していたのです。その間、見知らぬ者が村に入ったという話はありません」

「な、なるほど……」

一理ある。村の人たちも一様に深く肯いた。

昨晩は、至るところで篝火が焚かれて、村中が明るさに満ちていた。その上、村の周囲は放牧に適した広い草原で、とても見晴らしがよい。ましてや牧人たちは遠目が利く。村外から見知らぬ者があれば、ただちに噂が広まったことであろう。フェニスが言うように、犯人は、この村の者に違いあるまい。

やんぬるかな。すぐにでも事件を解決せねばならぬようだ。

メロスにとって、人を疑うことは、なによりの悪徳であった。生まれ育った村の人たちに容疑をかけるのは、耐え難い苦痛であった。ただ、いまの我が身は自分のものでありながら、自分一人のものではない。ままならぬことである。先刻、この口が告げたとおり、背に腹は代えられぬのか。

えいっ、乗りかかった舟だ。いまは早朝、結婚式が予定される正午までに、犯人を見つけるのだ。佳き友が捕縛された時、足りなかったものは、一握りの智慧と、さらなる腕力。同じ轍は踏むまい。いまこそ汚名返上の好機。

メロスは、再び皆の前で胸を張った。

「よし、分かった。事件を解決しようではないか。皆、一列に並べ！　犯人はすぐ名乗り出ろ。名乗り出ないのであれば、右から順に一人ずつ殴っていく！」

無茶苦茶である。もちろん非難轟々。日頃は温厚な人でさえも不満を露わにし、きつくメロスを責め立てた。それでもメロスはさらに訴える。

「私は犯人の善性に懸けているのだ。ここで生まれ育った者ならば、無辜の村人が痛めつけられるのを見てはいられぬだろう！」

けれども糾弾の声は止まぬ。それどころか、ますます騒ぎは大きくなる。

すると、ただならぬ事態を察してか、『奴』が、現れた。

「メロスよ。メロスよ。それは愚策だ」

「悠長なことを言っている場合か。私には成さねばならぬことがあるのだ！」

「落ち着け。落ち着くのだ、メロス」

「落ち着いている。私は落ち着いているぞ、イマジンティウス！」

叫んだ瞬間、静けさが降りた。

「……に、兄さん？　イマジンティウスって、何を言っているの？」

そのイモートアの発言に対して、村の人たちが、強く共感を示すように幾度も首を縦に振った。皆、釈然としていない様子である。そこでメロスは察した。やはり、他の人たちには、『奴』の姿が見えぬのだろう。

メロスは一呼吸して、両手を広げ、澄ました顔をした。

「私には頼もしい心の友がいる、まさしく心の友が。そんな彼と共に、私が、事件を解決してみせよう。気になることがあったとしても気にしないでくれたまえ」

村人たちは、いや、気になる、と口を揃えた。

「気に！　しないで！　くれたまえ！」

村人たちは肯いた。素直である。

一連のやり取りによって、幾分かの冷静さを取り戻したメロスは、傍らに立つセリヌンティウスの姿をした『奴』に、そっと尋ねた。

「私の行ないを愚策と断じるほどだ、他によい策でもあるのか？」

傍らに立つ『奴』は、村の人たちを一瞥し、

「そうだな。まずは皆に話を聞くのがよいだろう」

メロスは納得し、さっそく、村人たちのほうへ向き直って咳払いをした。

「犯人が名乗り出そうにないので、仕切り直して、質問をしようではないか。事件について、何か心当りがある者はいないか？」

問いかけても返事は無し。まさに鴉雀無声。少なくとも事件の目撃者はいないらしく、皆、口を閉ざしてしまった。しばらく経って、その静寂を跳ね飛ばすように口火を切ったのは、若き大工、コトダロスであった。

「メロスのアニキ、悪いが、疑わしいのは貴方とイモートアだ」

聞き捨てならぬ、と思ったが、メロスはぐっと堪えた。

「面白いジョークだな、コトダロス」

「ジョークではない。羊小屋に出入りできたのは二人だけだ。特にアニキ、貴方は昨日、ギフスさんと言い争いをしている」

コトダロスの言葉を受けて、泣き伏していたギボアが顔を上げた。

「そうよ、メロス。昨晩の貴方は、殴りかからんばかりに、うちの人を睨みつけてい

たわ。それに、貴方は小さなころから、恰好つけているつもりか知らないけれど、いつだって短刀を持ち歩いているではないの！」

彼女の言うとおりではあるものの、愛用のクールな短刀は、シラクスの王城で取り上げられてしまった。いまのメロスは丸腰。誰かの首をへし折ることはできても、刺し殺すことはできない。

反駁の機を狙って拳を握り締めたメロスであるが、すぐ力を抜いて、慈しみの眼でギボアのことを見つめた。いまのギボアは、誰をも信じられぬ状態なのだ。いや、ギボアだけではない。この場にいる全ての人が、疑念という名の濁流に呑まれて、息も絶えだえ、まともな思考ができなくなっている。

返す言葉を失したメロスの肩に、誰かが、手を置いた。『奴』である。

「メロスよ。一旦、退いたほうがよさそうだ」

メロスは力なく肯いた。

真相を探る足掛かりさえなく、申し合わせたわけではないが、大半の村人は各々散っていった。体格のよいメロスとコトダロスは、ギフスの亡骸を彼の自宅まで運んで架台の上に載せた。遺体を清めるのは女の務めである。後のことはギボアとイモートアに任せて、メロスは、ギフスに別れを告げた。

羊小屋に戻ると、『奴』が、扉の前で待ち構えていた。

「さあ、メロス。捜査を始めようではないか」

そう言って『奴』は笑った。

「お前は、私のことを、疑わないのか？」

「ああ。君とイモートアは、犯人ではないと考えている」

「私のことを、人を殺すような男でないと、信じてくれるのだな」

「いいや。君は正義感が強く、許せぬ者があれば、すぐ殺そうとする。そういう男だということを私はよく知っている」

褒められているのか、貶されているのか、判別できない。

「では、なぜ、私が犯人ではないと思うのだ」

「それは簡単なことだ。ギフスさんが亡くなっていた位置だ」

小屋から転び出たギフスの姿を想う。

「……そうか。ギフス殿は扉にもたれて死んでいた」

「気付いたようだな、メロス。ギフスさんが刺された時、そこの扉は、閉じた状態だったのだ。さらに、それ以降も、先刻まで一度も開かれていない。つまり犯人は、人が出入りするための片開きの扉を使わず、他の方法でこの小屋から脱したのだ。君とイモートアが、そんな面倒なことをする必要はない」

「犯人は、私たちに罪を擦りつけるために、わざわざ密室にしたのだな？」

尋ねると、眼の前の『奴』は満足そうに肯いた。

「そうだろうな。それを証明するために、私と君は、捜査をするのだ」

二人は、まず羊小屋の内部を調べることにした。

乾きつつある血溜り(ちだま)を跨いで(また)、片開きの扉から中に入る。十坪ほどの羊小屋には隙間なく藁(わら)が敷き詰められて、首輪をつけた十頭の羊がひしめき、メェーメェーと、銘々鳴いている。

高い位置に明かり取りの小さな窓があるだけで、陽のある時刻だというのに、屋内は薄暗かった。そんな中、『奴』は次々と敷き藁をめくった。

「潜んでいる者はいないようだな、メロス」

「素早く解決したい。潜んでいて欲しかったものだ」

「メェー」

「抜け穴も無いようだな、メロス」

「当りまえだ。羊小屋にそんなものがあってたまるか」

「メェー」

「犯人は羊用の観音開きの扉を利用した可能性が高いな、メロス」

「何を言う。そちらの扉は内から閂(かんぬき)がかかっている」

「メェー」

「その門に犯人が細工をしたかも知れぬという意味だ、メロス」

「細工……」

「メェー」

羊がうるさい。遊んでもらえると思っているのか、あるいは惨劇を目の当りにしたがために怯えているのか、メロスとて分かり得ぬことだった。羊は大切な存在ではあるが、それは財産としての希少性に由来するものであり、心通わせる存在たり得ぬのである。人間と畜生の間には、埋め難い、種の隔絶が横たわっている。当然、羊群から目撃証言など得られるはずもなく、銘々がメェーメェーと鳴き続けようとも、意味を持たぬノイズが積み上げられるばかりで、ドラマティックな展開に至ることはあるまい。いうなれば、ただ、羊がうるさい。会話の邪魔である。

そう取り留めのないことを考えていると、外から笛の音が聞こえてきた。

門をスライドさせて観音開きの扉を開け放ち、ぐるり屋外を見渡す。笛の音は、フェニスによるものであった。フェニスは、遠く村の入口付近で、笛を吹いて羊群を引き連れていた。日課の放牧に向かうのであろう。家畜を飼う者たちは、たとえ人が死のうと、たとえ結婚式が行なわれようと、世話を怠ることはできぬのである。

メロスは、これ幸い、と思い立って、声を張りあげた。

「おうい、フェニス！　私の羊たちも連れていってくれたまえ！」

フェニスは、こちらを向いて、大きく手を振った。承知してくれたようである。そうして、筏のような縦笛に息を吹き込み、短いメロディを鳴らした。瞬間、小屋の中にいた羊たちが、一斉に村の入口へと駈けだした。

牧人たちが扱う縦笛はパンパイプと呼ばれている。長さの異なる葦の管を幾本も筏状に束ねた笛で、音階を刻める。牧人たちは、状況に応じて複数のメロディを使い分けて、羊たちを操っていた。メロスもイモートアも、花婿ムコスも、牧畜を生業としているので笛は達者であるが、フェニスの腕前に比べれば、児戯に等しかった。牧羊神パーンの如く、彼は美しい笛の音で、誰の羊をも操れるのである。

　草原へ向かうフェニスと羊群の姿を見届けて、メロスは後ろへ向き直った。

佳き友の姿をした『奴』は、懐かしむような眼をしていた。

「私の知っているフェニスは幼い少年だった。いまでは、立派な牧人か」

「セリヌンティウスが村を離れてから十年も経つのだ、子供たちも成長している。これからの村は彼らが支えていくのだ。その未来に悔恨が残らぬよう、私は走りだす前に、いや、旅立つ前に、事件を解決して、妹を嫁がせねばならぬ……」

　メロスの話を聞いた『奴』は、無言で肯いた。

次いで、二人は羊小屋の外周を調べることにした。

四角い羊小屋には二つの出入口しかない。正面向かって右側に観音開きの扉、左に片開きの扉である。正面以外の三面は、泥レンガで設えられた、何もない単なる壁で、怪しいところも変わったところも特にない。強いて挙げるならば、他の家屋が白く塗られているのに対して、羊小屋は泥レンガが剝き出しになっていた。

古代ギリシア文化圏では、木材は非常に高価で、一般的な庶民の住まいは泥レンガを積んで造られている。通常であれば出来上がった壁を、石灰と砂を混ぜた塗料、いわゆる漆喰で塗装するのであるが、メロスの羊小屋は茶色いままであった。現代風に例えるならば、打ちっぱなしのコンクリートで仕上げられたミニマムなデザイン、それに似た佇まいであろう。

なお、泥レンガとは、焼き固められていない、成型した粘土を天日で乾燥させた建材である。かつてメロスは、羊小屋を施工したコトダロスから、泥レンガについてのレクチャーを受けたことがあった。コトダロス曰く、

「まず粘土に藁を混ぜ込むのだ。こうすることで繊維が複雑に絡み合い、レンガの強度が少し増す。配合比率を知りたいか？　残念、それは企業秘密だ。この特製粘土を成型して天日に干すわけだ。乾燥まで三日はかかる。おい、メロスのアニキ、聞いているか？　ここから大事な話だ。泥レンガの完成には相応の日数を要するので、急な案件にも対応できるよう、俺は、現場仕事が無い日に、泥レンガを作り置きしているのだよ。アニキのように遊んではいないのだ。はっはっはっ」

コトダロスは、職人の誇りを持った、立派な大工である。牧人フェニスと同様、村の行く末を担う信頼に足る若者であった。

「メロス。小屋の外側にも不審な点は無い。やはり、観音開きの扉が怪しい」

隣を歩く『奴』がそう言った。

「犯人が、閂に、なんらかの細工をしたかも知れぬ、ということだな？」

「ああ、そうだ。トリックというやつだ」

二人は改めて小屋の正面に立ち、観音開きの扉を調べた。

扉は木材でできている。扉を開かないようにする横棒、すなわち閂も、支えるコの字型の鎹（かすがい）は金属製であるものの、本体は、厚さ一寸、幅三寸ほどの木の角材でできている。閂の中央には取っ手がついていて、完全には引き抜けない。左右にスライドさせることで開閉の可能不可能を定める、至ってシンプルな造りである。

メロスは、扉を睨（にら）みつけて、大きく首を捻（ひね）った。

「内側に閂があるのでは、単純に考えれば、密室にすることは不可能だ」

「扉の密閉性は高くない。ところどころに隙間がある。例えば、外側から糸でも使って、閂を横に動かしたのかも知れぬ」

「この太い棒を糸でか？　それは難しいだろう」

「あくまで例えだ、メロス」

メロスは扉に触れて、使用感など分かり切ってはいるが、確認のために閂を左右に動かした。ずず、と木材と金属が擦れ合う、鈍い音が響く。

「建付けが悪いので力を込めねば動かぬ。やはり、外から閂を操るのは困難だ」

　メロスがこぼすと、傍らの『奴』は唸り声をあげた。

「ううむ、方法が分からぬ」

「しっかりしてくれ。私はインテリジェントなお前を頼りにしているのだ」

　懇願するように見つめると、『奴』は、呆れ気味に笑った。

「何を言っているのだ、メロス。頼りにしているのは私のほうだ。君は、幼きころから野山を駈け回り、厳しい自然の中で鋭い感覚を培ってきた。その野生の勘とも呼べる感性は、あらゆる事件を解決へと導くだろう」

「買い被り過ぎだ」

「買い被りなものか。確かに私には幾ばくかの教養がある。しかし、状況を一変させる英雄や勇者の器ではない。勇者になれるのは、君だ、メロス」

　メロスは俯いた。自分にそのような才覚などあろうはずがない。物事を解決へ導く力があったらば、佳き友を身代わりに差し出すこともなかった。

　眼の前に立つ『奴』が、慰めるように、メロスの肩を二度叩く。

「さあ、メロス。現場の捜索はそろそろ切り上げて、次の行動へ移ろう」

メロスは顔を上げて眼を瞬いた。

「次は何をするのだ？」

「聞き込みだ。捜査の基本は聞き込みだ、メロス」

メロスたちはムコスの家へ向かった。不明を明らかにするためである。

被害者のギフスは、なぜ、夜中に家を出たのか。事件が発覚する直前にムコスは言っていた、家を出る時のギフスの様子は不自然だった、と。思えば、昨晩の議論の時も、ギフスは妙に頑なで機嫌が悪そうであった。

ギフスの亡骸には拘束された痕などはなかった。現場の状況からすると、ギフスは自らの足で羊小屋に向かったものと思われる。呼び出されたのか、あるいは思うところがあったのか、いずれにしても、犯人と接点があったはず。昨日の彼の行動を詳細に調べれば、真相に近付けるに違いあるまい。

ムコスの家に着くと、そこには、ギボアとイモートア、ムコス、さらに幾人もの村の人がいた。弔問であろう。彼らは白い布に包まれたギフスの亡骸に縋り、名残惜しんで悲しみを大仰に体現していた。

場違いであることは承知しつつも、メロスは人を掻きわけ掻きわけ、ムコスの肩を摑まえて、囁くように話しかけた。

「昨晩のことを聞きたい。ギフス殿の無念を晴らすために協力してくれたまえ」

ムコスは、力強く肯いた。

外に出ると同時に、彼は、くるりと振り返って真剣な顔をした。

「昨晩の父は、ひどく考え込んでいるようでした」

メロスは、すかさず聞き返す。

「不自然な様子というのは、それだけか？」

「いいえ。家を出る直前に父は、粘土板を床に叩きつけて砕いたのです」

「粘土板？」

「はい。私宛ての、手紙です」

紀元前、紙は著しく貴重で、おいそれと使用できる品ではなかった。ゆえに些細(ささい)な記録や伝言などは、粘土の板に刻み記していたのである。

「誰からの手紙だ」

「それは分からない。日中に、家の前に置かれていました」

「なるほど。手紙には何が書いてあったのだ」

「結婚おめでとう、と書かれていた、みたいですね……」

傍らで聞き耳を立てていた『奴』が、そこで、疑問を口にする。

「みたい？」

メロスは、『奴』が言いたいであろうことを、すぐ引き取った。

「みたい、とは、どういうことだ。お前宛ての手紙だろう？」

「実は、私は、自分の名前くらいしか、読むことができなくて」

「そういうことか。ギフス殿は保守的な人だったからな」

　古代ギリシア文化圏での識字率は一割ほどである。都市に暮す市民ならばともかく、奴隷や女、農村に暮す人々の中には、字を読めぬ者が多かった。ただ、この村は例外であった。この村にはかつてセリヌンティウスというインテリジェントな若者がいた。彼は常日頃、勉学に勤しみ、暇な時には村人たちに文字を教えて廻った。お陰で大半の住人が文字を扱えるのである。けれどもギフスは、十年前から、農村に教養など必要ないという保守的な考えに傾倒していた。それも無理はない。貴重な労働力である若者、セリヌンティウスが、教養があったがゆえに村を出ていってしまったのである。いずれにしても、そのような考えによって、ギフスは息子のムコスに継続的な文字の学習をさせなかったのであろう。

「……それで父に、手紙を読み上げてもらったのです」

「その内容が、結婚おめでとう、だったということだな？」

「はい、お義兄さん」

　ムコスの言葉を聞いた『奴』が、眉をひそめた。

「メロスよ。その粘土板には、本当に祝辞のみが書かれていたのだろうか」

「分かっている。いまからそれを確認する」

改めてムコスのほうへ向き直って、メロスは、慎重に尋ねる。

「ムコスよ。その砕かれた粘土板の欠片は、いま、どこにあるのだ」

ムコスは視線を落として、

「私たちの、足下です」

「これが……」

「はい。母が全て屋外に掃き出したのです」

メロスは、咄嗟に地面に這いつくばり、そこら中に散らばる欠片を幾つか拾い上げた。粉々である。いずれも一寸にも満たぬ大きさである。全てを組み合わせれば、文章の解読も可能とは思われるものの、これほどの欠片を不足なく拾い集めて組み立てるのは骨が折れるであろう。その作業だけで日が暮れてしまいかねない。

四つ這いのままメロスは諦念を抱いた。その時、頭上から声が降ってきた。

「メロスよ。人海戦術だ。村人たちを全て呼び出して手伝ってもらうのだ。粘土板に犯人の名が記されているとでも言えば、協力を拒否できる者なぞいまい」

メロスは立ち上がって、発言の主である『奴』を睨んだ。

「私に、ブラフを張れと言うのか？ そのような虚言は好まぬ」

「完全に嘘というわけではあるまい。粘土板の文章が明らかになれば、捜査が進展する可能性は十二分にある。文章を解読できた瞬間に、村人たちが全員揃っているのも都合がよい。君が、その場で、犯人はお前だ、と名指しすればよいのだ」

「そこまで上手くいくとは思えぬ」

「時間がないのだろう？　竹馬の友を見捨ててパズルに興じるつもりか、メロス」

「ううむ、背に腹は代えられぬか……」

迷っていると、ムコスが会話に割り込むように、提案を口にした。

「私が村の皆に粘土板復元の協力を頼んできます」

言うが早いか、ムコスは駈けていった。

弔いのためにすでに多くの住人が集っていたことも手伝って、招集は滞りなく進んだ。仕事中であったフエニスやコトダロスたちも、同輩であるムコスに頭を下げられて、快く引き受けたようである。村の人たちは現場に集合すると、さっそく先刻のメロスと同じように這いつくばって、小さな欠片の収集と組み立てに専心した。粘土板の完成形を知っているのはムコスのみであったため、陣頭指揮は若き彼が担当。欠片は思いのほか広範囲に散っていたが、適切な指示と団結によって、みるみるうちに粘土板は元の姿を取り戻していった。

そうして、半ときもせぬ間に、復元作業は完了したのであった。

地面に置かれた粘土板を見下ろして、『奴』が、皮肉な笑みを浮かべる。

「ほう、これは面白いことになったな……」

もちろんその言葉に反応を示す者はいない。村人たちは、呆然と、そこに書かれた文章を見つめていた。

手紙には、ムコスへ、という宛名の下に、こう書かれていたのであった。

——月が真上に昇る刻、誰にも内緒で、我が家の羊小屋に来て下さい。

イモートアより

皆の視線が妹イモートアに注がれる。お前が殺したのか、そう言いたげである。

けれどもメロスは取り乱さず、落ち着いた声で、イモートアに話しかけた。

「イモートアよ。ここに書かれた文章を、読み上げてみよ」

彼女は怯えた様子で村人たちの顔を順に見つめ、それから、たどたどしく、

「兄さん、わたしが、文字を読めないことを知っているでしょ……」

メロスは高らかに笑った。

イモートアとて、セリヌンティウスと面識があり、文字を学ぶ機会は幾らでもあった。ところが、幼きうちからムコスの許嫁に選ばれていたがために、義父にあたる保守的なギフスの考えに従って、彼女は牧畜の慣習のみを学んできたのであった。ギフ

スの教育方針の是非はひとまず措いて、いまこの時においては、読み書きできぬことが、犯人を絞り込む一助になった。

「皆、分かっただろうか！　この手紙は、我が妹が書いたものではない。犯人が捏造したものだ。この村の人々は当りまえのように文字を扱う。犯人からしてみれば、読み書きできぬ住人がいるとは思いもしなかったのだろう。さらに、ムコスも文字を読めぬ。いまは亡きギフス殿は常に村の行く末を案じる立派な人だった。それは誰もが承知している。ただ、行く末を思うがあまり、保守的な価値観に囚われている人でもあった。そのようなギフス殿の手によって、若き二人の知識はアップデートされていなかったのだ。イモートアが読み書きできぬことを知っていたのは、おそらくは、本人と私、シラクスに越したセリヌンティウス、それからギフス一家だけ。いま挙げた人々は容疑者から除かれる」

メロスは、ここで大きく息を吸った。

「つまり！　私は、犯人ではない！」

村人たちが醒めた顔をして、それを主張したいだけか、と呟いた。

淀みを孕む空気を振り払うが如く、すぐ言葉を継ぐ。

「さあ、イモートアとムコスのために、手紙の内容を読み上げよう――」

メロスは、文字と単語の解説を交えつつ、粘土板に記された文章を諭すようにゆっくり朗誦(ろうしょう)した。その上で、村人たちに対して推測を述べることにした。

「ご覧のとおり、この手紙はムコスに宛てられたものだ。ところが、ムコスは文字を読めなかったゆえに、父ギフスに代読を頼んだ。手紙の内容を見たギフス殿は、結婚おめでとうと書いてある、と嘘をついた。ギフス殿はイモートアが読み書きできぬと知っていたので、その時点で、何者かが邪(よこしま)な企てをしていると察したのだろう。そうして、息子に心配はかけまいと、単身、羊小屋に向かうことにした。犯行は、暗闇の中、悲鳴もあげられぬほど瞬時に行なわれた。要するに、ギフス殿は誤って刺されたのだ。実際に、命を狙われていたのは、ムコスだ」

立ち尽くす村人たちの顔を、メロスは、じっくりと見回した。

「犯人は！　ムコスを恨んでいる者だ！」

言い放つと、一瞬の間の後、微(かす)かなざわめきが起きた。皆、驚いている、というわけではなさそうである。困惑していると表したほうが適切であろう。その微妙な雰囲気について見解を述べたのは、一人の若者であった。フェニスである。

「メロスさん、それが分かったところで、事態が進展したとは思えないです。他人の内心は見えぬのですから、恨みを持った者なぞ捜しようがありません」

「た、確かに……」

一理ある。村の人たちも一様に深く肯(うなず)いた。

メロスは救いを求めて、佳き友の姿をした『奴』を見た。『奴』は、顎に手をあて、未だ粘土板を見下ろしていた。

「丑三つ時か。我々が眠りに就いたころだな……」

独り言を呟いている。こちらには興味がなさそうである。

頼りにならぬと考えて、メロスは再び村人たちのことを見回した。そのタイミングで追い打ちをかけるように一つの声。コトダロスである。

「メロスのアニキ、尊重すべきは証拠だ。羊小屋に出入りできた者が限られている以上、いまも最も疑わしいのはアニキ、貴方だ。手紙にしても、裏の裏をかいて、捏造したのかも知れぬ」

「私があの手紙を書いたとでも言うつもりか」

「ああ、言うつもりだ！」

メロスは拳を握り締めた。黙らせるか。いや、我慢だ。

「こんな怪しまれる方法で殺すわけがないだろう。なにより、私が殺すならば、もっとシンプルに堂々と殺している！」

周囲から反論の気配は無い。ある意味でメロスは絶大な信頼を得ている。

けれども、コトダロスは食い下がった。

「俺もメロスのアニキを信じたい。しかし、文字を書けて、かつ、羊小屋に出入りできたのはアニキだけではないか」

「ほ、他にもいるかも知れぬ。いや、いたはずなのだ」

「ならば、誰がいたと」

「羊小屋には、そうだ、羊、少なくとも羊がいるではないか」

明らかに苦し紛れ。ところが、メロスを擁護する声が聞こえた。

「うむ。羊ならば可能かも知れぬな……」

声の主は『奴』であった。『奴』は上の空の手本を示すかのように、宙を見つめて考え事をしている。ただ、その発言は間違いなくメロスに賛同するものであった。インテリジェントな『奴』が言うのだ。どのような方法かは想像もできぬが、これが正解なのだろう。メロスは揺るがぬ自信を持った。

「そうだ。羊だ！　羊が殺したのだ！」

周囲を包み込む溜め息の輪唱。村人たちは呆れて言葉を失った。

ならば、もう一度。

「羊が殺人犯に違いあるまい！」

その根拠とも言える『奴』が、なぜか、困惑した顔をする。

「待て。待つのだ、メロス。殺人はさすがに人の仕業だ。しかし、内から閂をかけることならば、羊でも可能かも知れぬと思ったのだ」

メロスは黙り込んだ。いまに至るまでの出来事が頭の中を駈け巡っていた。

メロスには政治が分からぬ。哲学も分からぬ。数学も科学も分からぬ。けれども邪悪に対しては、人一倍に敏感であった。それゆえ、

メロスは推理した――。

急ぎ、改めて皆に対して声を張る。

「羊が犯人に違いあるまい。ただ、正確には共犯だ」

またもや困惑の雰囲気が漂う。村人たちが冷たい視線という名の矢を幾本も放ったが、メロスは熟練の軽業師の如く華麗にスルーして、一方的に話を続ける。

「犯人は、私に罪を擦りつけるために、計画的に密室を作り上げたのだ。方法は、そうだな、実際に披露したほうがよいだろう。皆、羊小屋まで来てくれたまえ」

村人たちは、戸惑いながらも肯いた。

ムコスの家の前から羊小屋へ移動する途中、メロスは自宅に立ち寄って、必要な物を拾い上げ、懐にしまい込んだ。少しく遅れて羊小屋の前に到着すると、すでに村の全ての人たちが、おとなしく待っていた。

メロスは何も言わず、まず羊小屋の中に入って、閂を解き、観音開きの扉を開き切った。小屋の前で待機する人たちに、閂がよく見えるようにしたのである。

「言うに及ばず、この太い閂が左右に動けば、密室を作れる。この閂は建付けが悪く

て動きが重い。しかし、いまから披露する方法を使えば、小屋の外からでも動かすことが可能なのだ」

　メロスは、一頭の羊を連れてきて、その羊の首輪と閂を革紐で繋いだ。

「さあ、よく見ていてくれたまえ」

　そうして、懐から取り出した縦笛で、甲高いメロディを奏でた。

　羊が扉に対して平行に歩き、釣られて閂が、ずずず、ずずず、と木材と金属が擦れ合う鈍い音を鳴らして、横に動いた。

「もうお分かりだろう！　犯人は羊を利用して密室を作ったのだ。昨晩、犯人は羊小屋の中に身を潜め、呼び出したムコスのことを待った。承知のとおり、実際にやって来たのはギフス殿だったのだが、犯人は気付くことなく、一突きで殺害。その後、羊と閂を紐で結び、外に出て扉を閉じた。後のことは披露したとおりだ。犯人は笛を吹いて羊を操り、羊小屋を密室にしたのだ！　羊を繋いだ紐は、ギフス殿の亡骸が発見された時のどさくさに紛れて回収したに違いあるまい」

　早口に捲し立てた。メロスは一つ深呼吸してから、さらに続きを語る。

「昨日の月は居待の月、真上に昇ったのは丑三つ時だ。日頃であれば村の人々はとっくに眠っている時刻、笛なぞ吹けるはずもない。しかし、昨晩は篝火が灯されて、その時刻も楽器の音が響いていた。演奏は途中で止まったり、同じフレイズを繰り返したりしていた。いま思えば、あれは羊を操るメロディをカモフラージュするためだったのだろう」

緩慢に、一人の人物に歩み寄る。

「昨晩、縦笛を吹いていた、羊を操れる人物、それはお前だ、フェニス！」

勢いづけて指差す。名指しされたフェニスは、全身を震わせて首を横に振った。

「ぼ、僕は、やっていない……」

「言い逃れするつもりか」

メロスは見せつけるように拳を握った。すると、フェニスが駆けだした。逃がすものか。咄嗟にメロスは後を追う。

何を成すにも智慧だけでは足りぬ。内にこもって熟慮を重ねようとも、実行しなければ机上の空論に終始するだけである。実行、すなわち実力行使。何かを成すには力が必要なのである。メロスにとって力とは、十里の路を走り抜く脚力と、敵対者を屈させる腕力。つまり、フィジカル。フィジカルである。

フェニスに追いついたメロスは猛然一撃。続けて、よろけた彼の首根っこを摑んで、羊小屋に向かって投げ飛ばした。小屋側面の茶色い壁が崩れる。その崩れた泥レンガの上で横たわるフェニスに、さらなる一撃を加えようとした時、

「兄さん、やめて！」

「お義兄さん、いけない！」

イモートアとムコスが、メロスの腕を押さえて引き留めた。まだ結婚式前にもかかわらず、ケーキ入刀よろしく、二人の共同作業である。

メロスはどうにか拳を収めた。すると、イモートアが訥々と語り始めた。

「兄さん、わたしは昨日、確かに、羊小屋の戸締りをしたわ。羊を使って密室を作れるのだとしても、それ以前に、フェニスさんは、小屋の中で誰かを待ち伏せすることなんてできなかったはずよ」

その言葉を受けて、事態を見守っていた『奴』も述べる。

「それに、私は遺体が見つかった後、しばらく羊小屋の観察をしていたが、紐を回収しにきた者なぞいなかった。メロスよ、君が提示した方法で殺害計画を実行するのは不可能だ。羊は関係がなかったのかも知れぬ……」

メロスは、自身がやらかしてしまったことを噛み締めるように、泥レンガの上で悶えているフェニスのことを、見下ろした。

その時、不自然な物が視界に入った。分かった。そういうことか。

メロスは重ねて推理した——。

頭の中で完璧な青写真は完成している。けれども、それを披露するよりも先にフォローしなければならぬ。メロスはフェニスを引き起こし、深く頭を下げた。

「フェニスよ、すまなかった」

「い、いえ、平気です……」

「どうか、力一杯、殴り返してくれ！」

「け、結構です。顔を上げて下さい、メロスさん……」

しばしの問答の末、メロスは折れて顔を上げ、フェニスを見つめた。なんと優しい若者だろう。そう思う。それから、村人たちのほうを向いて、胸を張った。

「皆、合格だ！　道を誤った私に追従せずに冷静に状況を見守った。素晴らしい思慮深さだ。村の未来は明るいだろう。優秀な若者たちもいる。そう、この村の若者たちは、とても優れているのだ。ただ一人、真犯人を除いては……」

話しながら歩き始める。

「冷静かつ思慮深い皆ならば、これから私が披露する、真相解明のためのデモンストレーションについて、納得してくれることだろう」

言い切ると同時にメロスは、勇往邁進（ゆうおうまいしん）、一気に駆けだした。そうして近隣にある家の壁を次々と、その拳（こぶし）、その脚、肉体の全てを使って、破壊していった。その姿、まるで荒ぶる神アレス。村人たちは揃って嘆きの声をあげた。

「納得できない！」

メロスは、気にも留めず、再び堂々と胸を張る。

「このように、人は！　壁を！　壊せる！」

次いで、崩れた壁から一つ泥レンガを拾い上げ、村人たちのもとに悠々と舞い戻ると、それを前に突き出して、見せつけた。

「ご覧のとおり、この泥レンガの側面は、綺麗(きれい)に乾いている……」

レンガを投げ捨て、今度は羊小屋の崩れた壁を手で示す。

「それに比べて、羊小屋の泥レンガはどうだろう？　分かるだろうか、レンガとレンガを繋ぐ目地の粘土が、乾き切っていない。粘土は三日ほどで乾燥する。つまり、これは施工されたばかりのものだ」

メロスは、大きく息を吸い、言い放つ。

「この事件の真犯人は！　壁を壊して羊小屋に侵入したのだ！」

一般的な家屋の壁は、たとえ粘土に藁(わら)を混ぜ込んで強度を高めようとも、所詮(しょせん)は土くれ、強い衝撃には耐えられぬのであった。

事実、当時のギリシアの大都市、アテナイなどでは、壁を壊しての窃盗事件が発生していた。史実によると、隣国が攻めてきた時、壁に穴をあけて、逃げ道を確保したり、敵兵の背後を取ったり、という戦略も行なわれていたそうである。さりとて、それは後世に明らかになったこと。当然ながら攻め込む側の隣国が壁の破壊戦略など知る由も無し。同様に、メロスの村の人々も知らぬのであった。

富裕者もいなければ戦争とも無縁のこの村では、誰も、壁を壊すという発想には至れなかった。たった一人、犯人を除いては。

「壁を壊して羊小屋に侵入した犯人は、閂（かんぬき）を解いて扉を開き、ムコスを待った。そうして、結果的にギフス殿を殺害するに至った。その後、犯人は閂をかけて壁の穴から小屋を脱し、速やかに、その壁を修復して密室を作った……」

メロスは一人の人物に歩み寄る。

「そのような芸当ができる者は一人しかいまい。お前だ、コトダロス」

若き大工、コトダロス。建物の構造を理解している彼ならば、世相も史実も知らずとも、壁の破壊という方法に辿（たど）り着くのは容易（たやす）い。

「コトダロスよ。お前ならば、壁の修復などお手の物だろう。ましてや羊小屋は漆喰（しっくい）が塗られていないので、輪をかけて簡単だったはずだ。その上、修復に使われた泥レンガは企業秘密の特製品。これを所有しているのは、お前だけだ」

けれどもコトダロスは動じず、反論を始めた。

「メロスのアニキ、犯人が羊小屋の壁を壊したと言うならば、俺の家の壁を壊して泥レンガを盗むことも可能だったはずだ」

「そのような言い逃れが通用するとでも思っているのか」

「言い逃れとは人聞きが悪い。俺はやっていない」

睨み合う二人。互いに決定打に欠け、攻めきれずにいる。牽制の気配は周囲を蹂躙し、唾を飲む音さえ響きそうなほど、深い静寂が立ち込めた。

その時、竪琴の音が聞こえた。

耳を澄ます。コトダロスの家から聞こえてきている。一旦休憩。メロスは村人たちに断りを入れて、音の出どころへと向かった。コトダロスの家の壁には、先刻メロスが暴れたことによって、大きな穴があいていた。その穴から、室内を覗く。『奴』が竪琴を弾いていたのであった。

竪琴リュラ。亀の甲羅でできた共鳴胴に二本の角と横木をつけた弦楽器である。古くからギリシア文化圏全域に普及している楽器ではあるが、メロスたちにとっては高価な品であり、村には共有財産として一つしか存在していない。その竪琴は、演奏担当者であるコトダロスの家で保管されていた。

「やあ、メロス。私は竪琴を嗜んでいないのだが、この簡単なフレイズならば、弾くことができた。メロスにも弾いてみて欲しい」

微笑みながら『奴』は、竪琴を差し出してきた。素直に受け取り、素直に弾いてみる。なるほど、これは昨晩の――。

陽は高くなりつつある。早朝から慌ただしく様々な出来事が起きて、村人たちは疲れていることであろう。メロスは、優雅なリフレッシュタイムを提供するために、竪琴を奏でながら皆の前に戻り、先刻の『奴』と同じように微笑んだ。

「余計なアリバイ工作をしたものだな、コトダロス。昨晩、いま聞かせたフレイズが繰り返されていた。周囲から怪しまれぬように、殺害計画を実行しながら、何も考えずとも弾ける簡単なフレイズを演奏したのだろう？」

きっと問いかけの真意は伝わっていない。案の定、コトダロスは嘲笑した。

「アニキ、先刻も言ったが、尊重すべきは証拠だ。竪琴の音が響いていたならば、それは、ただ竪琴を弾いていただけだと考えるべきだ」

メロスは、竪琴を裏返して、掲げた。

「コトダロスよ、これは証拠と呼べるのではないか？」

竪琴の裏側には、血液が、付着していた。共鳴胴から伸びる角のうちの一本、演奏の時に左手で摑む部分の近くに、赤黒い染みができていたのである。

「お前は、断続的に竪琴の音を鳴らすために、ギフス殿を刺した時にも竪琴を持っていた。そうして返り血が付着したのだ。羊小屋の中は暗かったので気付かなかったのだろう。とはいえ、屋外で普通に演奏すれば、血がついていることなぞ、すぐ気付ける。なぜ気付かなかったのか。それは普通の演奏の仕方ではなかったからだ。お前は竪琴を地面にでも置いて、片手で修復作業をしながら、もう片方の手で簡単なフレイズを繰り返していたのだろう？」

「そ、それは……」

コトダロスはたどたどしく呟いた。日頃は自信に満ちている彼の姿は、いまは、蠍に追われるオリオンの如く、怯えの色に染まっている。

メロスは、慈しみの眼で彼を見つめた。

「誇り高き大工、コトダロスよ。お前に問おう。羊小屋の壁は、表面を見ただけでは修復した箇所があるとは思えぬほど、大変に美しい仕上がりだった。あれは、誰にでもできる仕事なのか？」

コトダロスは、先刻とは打って変わって、凛々しく顔を引き締めた。

「いいや。俺にしかできぬ仕事に決まっているだろ、アニキ」

そう言って彼は、懐中から二つのレンガを取り出して、両手に持った。

「俺は職人だ。職人ならば仕事は完遂せねばならぬ。このレンガは、焼成レンガ。泥レンガとは強度が違う。当たると痛いぜ」

コトダロスはムコスに向けて走り、両腕を大きく振り回した。殺す気だろう。彼の言うとおり焼成レンガは、高温で焼くことでもって粘土中に含まれるアルミノケイ酸塩が融解、加えて結合することで、著しく強度が高い。仮に頭に直撃すれば、木端微塵に頭蓋骨は砕け散ってしまうに違いあるまい。止めねばならぬ。彼はレンガの重みを利用して振り子のように腕を廻している。あのような大振りの攻撃には懐に入る戦

法が有効。メロスは疾風の如く距離を詰めた。そうして、

「正義のためだ。許せ」

鎌で草木を刈るように肘を鋭く振った。その肘はコトダロスの顎先を捉えた。彼は首をぐるり九十度回転させ、脳震盪を起こしたのだろう、その場に膝をつき、レンガを手放した。その隙に村人たちが彼に縄を打つ。

縛り上げられたコトダロスは、観念したらしく、訥々と語り始めた。

「俺は、イモートアが好きなのだ。だから、結婚を阻止するためにムコスを亡き者にしようとした。ついでに、少し苦手なアニキに罪を擦りつけようと思った。俺は、俺は、同じ牧人の家系という理由だけで幼くして婚約するという文化を……」

「うるさい、黙れ！」

メロスはコトダロスを殴り倒した。

笑止千万。人殺しの言い分など聞く必要も無し。地面に伏すコトダロスを見下ろして、メロスは、声を荒げる。

「よいか、コトダロスよ。お前は信頼を裏切ったのだ。私欲に溺れ、私の信頼を、いや、村の人々の信頼を、村の未来を、全て裏切ったのだ。お前は、有望な若者であったが、人を殺したのでは、もう、この村には置いておけぬ……」

その声はコトダロスの耳には届いていなかった。彼は気を失っていた。

無言のまま『奴』が、メロスの肩に手を置く。そのセリヌンティウスに似た顔を見て、メロスは我が身の使命を思い出し、村人たちに告げることにした。

「私は明日、シラクスの市に向かう。その時に、王城の警吏に、コトダロスを投獄してくれるよう頼んでおこう」

すると、馬の蹄の音と共に、一つの声がした。

「その必要はない」

見ると、甲冑に身を包んだ三人の男が、馬に乗ってこちらに近付いてきていた。

「事情は知らぬが、人殺しならば、我々が引き取ろう」

シラクスの警吏たちである。警吏といっても、その呼び名は便宜上のもの。この独裁政権下にあるシラクス領土において、警吏は、公平な調停者ではなく、王ディオニスの忠実な臣下でしかない。

「なぜ、市を守っているはずの警吏が、この村まで来たのだ」

「王を慮り、あの方が、命を下されたのだ。メロス、お前のことを見張れと」

メロスは拳を握り締めた。けれども、ここで事を荒立てる必要もないと考えて、警吏の指示に従い、犯人であるコトダロスを引き渡した。

警吏たちは、馬の背にコトダロスを括りつけると、去っていった。

事件は解決したのである。

ぽつりぽつり雨が降りだした。

陽が陰って正確な時刻は分からぬが、間もなく正午になるであろう。気持ちを切り替えて、雨がひどくなる前に祝宴の仕度を終えてしまおうと思い、メロスは村の皆に発破をかけた。村人たちは渋い顔をした。それでも、メロスは押して頼んだ。

メロスには時間がないのである。メロスは走らなければならぬのである――。

ギフスの亡骸（なきがら）をメロスの家に運び込み、結婚式と葬儀は、同時に催されることとなった。どちらの儀式もやることは同じ。歌って、神々に祈るだけである。

新郎新婦の神々への宣誓が済んだころ、黒雲が空を覆い、やがて車軸を流すような大雨となった。列席していた村人たちは不吉なものを感じたようであるが、銘々に気持ちを引きたて、狭い家の中、むんむん蒸し暑いのも堪（こら）え、陽気に歌い、手を叩（たた）いた。メロスも満面に喜色を湛（たた）え、しばらくは王とのあの約束をさえ忘れた。

祝宴は、夜に入っていよいよ乱れ、華やかになり、人々は外の豪雨を全く気にしなくなった。メロスは、一生このままここにいたい、と思った。この佳（よ）き人たちと生涯暮していきたいと願った。けれども、そうはいかぬ。隠れるように部屋の隅で独りワキングラスを傾けている『奴』を見つめて、メロスは、我が身に鞭（むち）を打ち、出発を決意した。

明日の日没までには、まだ十分の時がある。ちょっとひと眠りして、それからすぐに出発しよう。そのころには雨も小降りになっていよう。少しでも永く、この家に、ぐずぐず留(とど)まっていたかった。メロスほどの男にも、やはり未練の情というものはある。それでも、行くのだ。今宵(こよい)、呆然(ぼうぜん)、歓喜に酔っているらしい花嫁イモートアに近寄り、

「おめでとう。私は疲れてしまったから、ちょっとご免こうむって眠りたい。眼が覚めたら、すぐ市に出掛ける。大切な用事があるのだ。私がいなくとも、もうお前には優しい亭主があるのだから、決して寂しいことはない。お前の兄の、一番嫌いなものは、人を疑うことと、それから、嘘をつくことだ。お前も、それは知っているな。亭主との間に、どんな秘密も作ってはならぬ。お前に言いたいのは、それだけだ。お前の兄は、たぶん偉い男なのだから、お前もその誇りを持っていろ」

イモートアは、夢見心地で肯(うなず)いた。

メロスは、それから花婿ムコスの肩を叩いて、

「仕度の無いのはお互い様だ。私の家にも、宝といっては、妹と羊だけだ。他には何もない。全部あげよう。もう一つ、メロスの弟になったことを誇ってくれ」

ムコスは、揉(も)み手(で)して、照れていた。

ギフスの亡骸が寝かされた架台に近付き、冥府(めいふ)の川の渡守りに払う賃金として、その唇に硬貨を咥(くわ)えさせる。それから、誰にも聞かれぬほどの小声で、

「ギフス殿、私も、すぐそちらに向かいます」

メロスは笑って他の村人たちにも会釈して、宴席から立ち去り、羊小屋の敷き藁に潜り込んで、死んだように深く眠った。

眼が覚めたのは、あくる日の未明である。メロスは跳ね起きた。南無三、寝過ごしたか。いや、まだまだ大丈夫。これからすぐに出発すれば、約束の刻限までには十分間に合う。今日は是非とも、あの王に、人の信実の存するところを見せてやろう。そうして、笑って磔の台に上ってやる。

メロスは悠々と身支度を始めた。雨も幾分か小降りになっている様子である。

身支度はできた。

メロスは、ぶるんと両腕を大きく振って、雨中、矢の如く走り出た。

瞬間、呼び留める声がした。

「メロスよ、私を置いていくとは、水臭いではないか」

声をかけてきたのは『奴』である。

「何を言うのだ。お前は放っておいても、ついてくるのだろう？　なにせ、お前は私の妄想が生んだ存在だ。なあ、イマジンティウスよ」

佳き友セリヌンティウスの姿をした『奴』、改め、イマジンティウスは、笑う。

「ははは。とにかく、共に走ろう」

メロスは肯いて、前を向いた。

そうして、イマジンティウスと共に走りだしたのであった。

私は、今宵、殺される。殺されるために走るのだ。身代わりの友を救うために走るのだ。王の奸佞(かんねい)邪智を打ち破るために走るのだ。走らなければならぬ。そうして、私は殺される。若い時から名誉を守れ。若者たちは誇りを持て。

さらば、ふるさと。

第二話　メロスは約束した

遡(さかのぼ)ること四日。そう、四日前のことである。

紀元前三六〇年シケリア島、メロスは、まだ、走っていなかった。この日、メロスは朝早くに村を出発し、十里離れたシラクスの市にやって来た。

近々、妹のイモートアは、律義な牧人ムコスを、花婿として迎えることになっている。結婚式も間近かである。それゆえ、メロスは花嫁の衣裳(いしょう)やら祝宴のご馳走(ちそう)やらを買いに、野を越え、山を越え、はるばる市にやって来たのであった。

まず、その品々を買い集め、それからメロスは都の大路をぶらぶら歩いた。

メロスには竹馬の友があった。セリヌンティウスである。いまはこのシラクスの市で石工をしている。その友を、これから訪ねてみるつもりであった。久しく逢(あ)わなかったのだから、訪ねていくのが楽しみだ。

おお、セリヌンティウス。セリヌンティウスよ――。

歩いているうちにメロスは、街の様子を怪しく思った。ひっそりしている。もうすでに陽も落ちて、街の暗いのは当りまえだが、けれども、なんだか、夜のせいばかりではなく、市全体が、やけに寂しい。

呑気なメロスも、だんだん不安になってきた。そこで、路で逢った若い衆を捉まえて、質問を浴びせた。

「何かあったのか。二年前にこの市に来た時は、夜でも皆が歌を口ずさみ、街は賑やかであったはずだが？」

若い衆は首を振るだけで何も答えなかった。

しばらく歩いて老爺に逢い、今度は、もっと語勢を強くして質問した。

「おい！　何か！　あったのか！」

老爺も答えなかった。

メロスは、両手で老爺の身体を揺さぶって、さらに質問を重ねた。

するとようやく、老爺は、辺りを憚る低声で、わずか答えた。

「王様が、人を殺します」

すぐさま聞き返す。

「なぜ殺すのだ？」

「悪心を抱いている、と言うのですが、誰もそんな悪心を持ってはおりませぬ」

「たくさんの人を殺したのか」

「はい、初めは王様の妹婿さまを。それから、ご自身のお世継を。それから、妹さま

を。それから、妹さまの御子さまを。それから、皇后さまを……」

「それは驚いた。国王は乱心か」

「いいえ、乱心ではございませぬ。人を、信ずることができぬ、というのです。このごろは、臣下の心をもお疑いになり、辛うじてアテナイから招聘(しょうへい)した哲学の先生のお話にだけ耳を傾けるご様子。一事が万事そのような調子ですから、少しく派手な暮しをしている者には、人質を差し出すことを命じております。ご命令を拒めば十字架にかけられて、殺されます。今日は、六人殺されました」

聞いて、メロスは激怒した。

「呆(あき)れた王だ！　生かしておけぬ！」

メロスは、単純な男であった。

買い物を背負ったまま、腰に差したクールな短刀の柄(つか)を握り、肩を怒らせ、ずんずん王城に向けて大路を歩く。その出(い)で立ちは明らかに不審者である。人々は恐れおののいて路をあけ、メロスから距離を置いた。

ただ、一人だけ、恐れを抱かずに歩み寄る者があった。都に相応(ふさわ)しい洗練された佇(たたず)まい、それこそシティボーイという呼び名が適したその男は、メロスの前に、両手を広げて立ちはだかったのである。

「やあ、メロス。メロスではないか」

その男、セリヌンティウスであった。

久々の竹馬の友との邂逅である。平時であれば、抱擁の一つや二つ、いや、三つや四つ、なんなら朝まで抱き合いたいところであるが、いまは呆れた王を殺しに行く最中である。心苦しいが、構ってはいられぬ。

メロスは、不愛想に会釈だけして、彼の横を通り過ぎようとした。

ところがセリヌンティウスが、なおも立ちはだかる。彼はメロスの姿を上から下まで眺め、最後に、手に握られている刃物を見つめた。悟られただろうか、説教されるかも知れぬ、そのようなことをメロスは考えたが、意外にもセリヌンティウスは、メロスの肩を二度叩き、それから満面の笑みを浮かべたのであった。

「メロスよ。私は、君がいつか何かを成す男だと思っている。いまも何かを成すために前進しているに違いあるまい。どうだ、大願が叶うより先に、私に前祝いをさせてもらえぬか？　上等なワヰンとパスタがある。ご馳走しよう」

呑気な提案に、思わず頬が緩む。

メロスは少しく考えを改めた。彼の言うとおり、邪智暴虐の存在を仕留めて、街の平和を守るは大願とも呼べる。実行の前に、景気づけと腹ごしらえのため、何かを食すのも悪くあるまい。特にパスタは、前祝いに相応しい。

この時代、人々の九割が農民であった。けれども、ギリシアは平地が少ないために果樹栽培が主に行なわれていて、穀物の生産量が少なかった。特に小麦は非常に希少で、小麦粉を原材料とするパスタは、滅多に食せぬ料理だったのである。

「よかろう。ご馳走になろうではないか、セリヌンティウス」

メロスが言うと、彼は大きく肯(うなず)いて、自宅までの路を軽い足取りで歩き始めた。

セリヌンティウスの家は街の外れにあった。

石工を生業(なりわい)としている彼の家は、工房も兼ねていて、大変に広い。通された部屋は作業場らしく、周囲には幾つもの石像が並んでいた。

「今日シラクスに来たばかりか？　遠い路のりだ、疲れただろう、適当に座っていてくれ。私は、つまみを作る」

彼は竈(かまど)で調理を始めた。

セリヌンティウスは同郷の出身である。十年前までは常に一緒に過ごしていた。メロスも彼も幼くして両親を亡くし、互いに寄る辺がなく、自然と親しくなった。野山を駆け回ってばかりいたメロスと、勉学と芸術を好んでいたセリヌンティウス、二人の性格は対照的であった。それにもかかわらず、いや、そうだったからこそ、二人は馬が合った。互いにとって無二の親友である。

ところが十年前、二人が成人の十八を迎えるよりも前に、セリヌンティウスは、職人になるために、たった一人で首都シラクスに越していってしまった。ほとんどの人が生まれ育った土地で一生を終える時代である。なんの伝手も無い若者が、知らぬ街で、立身出世するのは非常に困難である。それでも彼は、大成した。わずか数年で芸術家として世間に名を知らしめて、いまでは、大きな工房を構え、幾人もの弟子を抱えている。いうなれば、彼は、石工界のカリスマであった。

料理が供されるまでの間、メロスは、どうにも落ち着かず、辺りの作品に視線を這わした。芸術の分からぬメロスには、いずれも似たような石像に見える。

「ここにあるのは筋骨隆々とした男の像ばかりだな」

メロスはセリヌンティウスに声をかけた。彼はこちらに背を向けたまま、

「勇者の像だ。私が思う勇者を表現しているのだよ」

何が面白いのか、セリヌンティウスは声を出して笑った。

「さあ、できた。召し上がってくれ」

テーブルに並べられたのは、シラクスの名物である海産物の煮物と、大麦のパンであった。美味である。つくづく器用な男だ、と思う。セリヌンティウスはメロスと同じく、アラサーに片足を突っ込んでいるにもかかわらず、女房が無い。あまりに有能ゆえに、女は近付き難いのであろう。

メロスは、舌鼓を打ちつつ、ふと気付いたことを尋ねる。

「セリヌンティウスよ、パスタはどうした？」

セリヌンティウスは向かいの席に着き、微笑んだ。

「この家にパスタは無い」

ようやく察した。彼はメロスを引き留めるために虚言を弄(ろう)したに違いあるまい。

「欺いたのか？　逢(あ)わぬうちに私が何を嫌うか忘れたのであるまいな！」

「嘘はついていまい。世の中のどこかにパスタはある。ちゃんと約束を守ってご馳走(ちそう)もするつもりだ。ちょうど熟成したイワシが寝かせてある。アンチョビのパスタにでもしよう。明日になったら、共に市場へ小麦を買いに行こうではないか」

「明日までは待てぬ」

メロスは短刀の柄を握った。

「落ち着け。落ち着くのだ、メロス。上等なワインならばある。盃(さかずき)を交わそう」

セリヌンティウスが二つのグラスにワインを注ぐ。

メロスは鼻を鳴らして、そのうちの一つを乱暴に受け取り、一気に呷(あお)った。

「さあ、メロスよ。そろそろ何があったのか教えてくれるな？」

してやられた感は否めぬが、早くも酔いが廻(まわ)り始めているのか、メロスは饒舌(じょうぜつ)に語り始めた。村の近況、シラクスに来た理由、それから路傍の老爺から聞いた話、それらについて詳細に伝えたのである。

「……信頼をないがしろにし、市民を処刑するとは、生かしておけぬ。信ずる心の象徴である刃を王の胸に突き刺してやる！」

「メロスよ、刃物は信ずる心の象徴になり得ぬ」

「ならば、どうすればよいと言うのだ！」

「ディオニス王は昔から疑い深い。これは根が深い問題なのだ――」

紀元前、古代ギリシアでは、土地や権利に対する意識の高まりに伴って、各地方で共同体が発展、多くの都市国家が誕生した。市民の手によって都市ごとに独立した政治体制が敷かれたのである。貴族から平民への既得権の開放、と言えば聞こえはよいが、これは同時に独裁者を生みやすい環境でもあった。自由を錦の御旗にして、武力で領土を制圧する輩、いわゆる僭主が、少なからず現れたのである。先代のシラクスの王、ディオニュシオス一世も、そのうちの一人であった。彼は武力でもってシケリア島全土を手中に収めたのである。

そんな至大至剛であったディオニュシオス一世も、紀元前三六七年、すなわち七年前に、他界することとなった。そうして、その息子であるディオニュシオス二世、通称ディオニスが、現国王に即位したのである。ディオニスが即位した時、なんと彼は三十歳の若さであった。

セリヌンティウスの話を聞いたメロスは、首を傾げた。

「ディオニス王は、若くして重責を負わされて、それで不安を抱きやすい性格になったとでも言いたいのか？」

「いいや。先代の王には毒を盛られたという噂があるのだ」

「暗殺されたと？」

「そういうことだ。まあ、あくまで噂だ。犯人が捕まったわけではない」

メロスは腕を組んで幾度も肯いた。

「なるほど。父親が暗殺された可能性があり、自分も同じ目に遭うかも知れぬと疑心を抱いているということか……しかし、即位したのは七年前だろう？　私が二年前にこの市に来た時には、このような惨い状況にはなかった」

素朴な疑問を呈すると、セリヌンティウスは虚空を見つめ、ぽつり呟いた。

「昨年から王の教育係をしている、あの方が、原因なのかも知れぬな……」

「あの方？」

「すまぬ、ただの杞憂だ。忘れてくれ」

釈然としなかったが、メロスは手酌でさらに酒を呷り、いずれにしても、とこぼしてから、短刀の柄を握って勢いよく立ち上がった。

「このままでは国が滅ぶ。すぐにでも正義の力を行使するしかあるまい」

セリヌンティウスは呆れた調子で、

「座れ。座るのだ、メロス」

「やるしかない。やるしかないのだ、セリヌンティウス！」

メロスは短刀を抜いた。セリヌンティウスはさらに呆れた調子で、

「刃物をしまえ。しまうのだ、メロス」

インテリジェントな彼が言うことは、昔から、いつだって正しい。とりあえずメロスは指示に従ってみた。それから、呂律の廻らぬ舌で声を荒げた。

「刃物はしまったし、座ったぞ。次は何すればよいのだ、セリヌンティウスよ！」

「まずは呑め。呑むのに飽きたら寝るのがよいだろう、メロス」

再び二つのグラスになみなみとワインが注がれる。

メロスはセリヌンティウスを睨みながらグラスに口をつけた。セリヌンティウスは楽しげに笑っていた。そうして、夜は更けていった。

――まずい、やらかしてしまった。

――それより水だ、いまは水が必要だ。

メロスが眼を覚ますと、そこは噴水の傍らであった。

辺りは明るい。屋外で朝を迎えてしまった。どうやら昨晩は呑み過ぎたようだ。未だ酒が残っていて頭が痛い上に、なぜ、このような場所にいるのか記憶が無い。

メロスは、我が身に起こったことを知るために、ぐるり周囲を見回した。すぐ近くには、昨夜も出会った路傍の老爺(ろうや)がいた。その老爺は、噴水の中心にあるオブジェを見上げて、怯(おび)えた顔をしていた。

「聖なる噴水が止まっておる。不吉の予兆に相違あるまい……」

老爺の視線の先を見ると、確かに、幾何学的な彫刻が施されたオブジェ、その先端から噴き出しているはずの水が止まっていた。

古代ギリシアの都市では、宮殿や神殿の近くに、噴水が設けられていることが多かった。それらは聖なるものの象徴であると共に、市民の生活用水としても使われていた。噴水の歴史は、少なくとも紀元前三〇〇〇年ごろからとされている。多くは、後にサイフォンの原理と呼ばれる物理現象が利用されていて、高台の貯水槽から水を引き、位置エネルギーでもって水が噴出する仕組みになっていた。シラクスの市にある噴水も同様の仕組みである。本来であれば、高台の湧き水が枯渇しない限りは、常に水が噴き出しているはずであった。

「配管が詰まっただけではないのか」

あまりに老爺が怯えているので、安心させるために、軽い調子で告げた。

けれども、老爺は頑(かたく)なに首を横に振った。

「これは凶兆でございます。大虐殺が起こるやも知れませぬ！」

「そのようなこと起こるわけが……」

そこまで言った時、にわかに王城のほうが騒がしくなった。

「ええい！　怪しい者をひっ捕らえて拷問にかけよ！」

警吏たちの声である。大虐殺でも引き起こしそうな勢いである。

「ほれ、見たことか！」

老爺が誇らしげに言った。強制的に黙らせてやろうかと思ったが、我慢した。いずれにしても、穏やかではない。メロスは王城に向けて駆けだした。

王城の前では、一人の男が首から血を流して倒れていた。

近くにいた甲冑(かっちゅう)をまとった警吏に声をかける。

「何があったのだ？」

急に声をかけられた警吏は剣を構えた。

「お前は何者だ！」

「私は、邪悪を許さぬ正義の人、メロスだ！」

意味不明な自己紹介である。それでも、メロスがあまりに自信に満ちた態度のためか、警吏は得心したように肯(うなず)いた。

「そ、そうか、邪悪を許さぬ正義の人か、ならば助かる」

「それでは、何があったか、詳しく教えてくれたまえ」

「城の門衛が、賊に、殺されたのだ——」

今日未明、王城の門を守っていたキラレテシスという男が殺害された。もう一人の門衛ミタンデスの証言によれば、王城に侵入しようとしていた不審な男を、キラレテシスと共に引き留めたところ、突如、短刀で斬りつけられたらしい。

警吏たちが、ミタンデスの応援を求める声を聞いて駈けつけた時には、すでに不審な男の姿はなく、キラレテシスは事切れていたそうである。

「侵入を試みようとしていたということは、目的は、ディオニス王か？」

「だろうな。幸いにも侵入は防げたが、キラレテシスは……」

傍らにある亡骸(なきがら)を見下ろす。首の側面をすっぱり斬られている。他に外傷が無いことから、ひと振りで斬り伏せられたものと思われる。おそらく、賊はかなりの手練(てだ)れに違いあるまい。邪智暴虐の王は積極的に殺すべきであるが、職務に従事するだけの無辜(むこ)の衛兵を手に掛けるとは、許せぬ。

「犯人を懲らしめようぞ」

「さすがは正義の人だ、頼むぞ」

「闇雲な拷問は看過できぬ。犯人を特定するために犯人の特徴を知りたい」

「ならば、目撃者のミタンデスに話を聞くがよい」

警吏が手で示す先に体格のよい若者がいた。ミタンデスであろう。彼は、閉め切られた城門の前にある階段に腰を掛け、ひどく項垂れていた。

「ミタンデスよ。私は、警吏に信頼される男、メロスだ」

「ああ、警吏に信頼されている方ですか、それなら安心です」

「さっそくだが、事件について詳しく教えてくれたまえ」

ミタンデスは得心したように肯いて、事件のあらましを語り始めた。

「私は、見たのです。陽が昇る前、間もなく他の門衛と見張り番を交代する時のことです。深夜の番を務める私とキラレテシスが門を守っていますと、不審な男がゆらり眼の前に現れました。その男は、一切の躊躇いもなく、門へ向けて進み出ました。そこで私たちは長剣を構えて男の進路を断ったのです。すると、男は短刀を抜き、疾風の如く襲いかかってきたのでした……」

「ちょっと待ちたまえ。なぜ、ひと目で不審な者と思ったのだ？　当然のように門へ向かったのならば、ただの客人かも知れぬではないか」

「それは、その男の服装が、顔のみを布で覆い、全裸だったからです」

「それは明らかに不審だ。もはや服装とは呼べぬ……」

そう言ってから、気付いたことがあった。

「服装といえば、お前は甲冑を身に着けていないのだな、ミタンデス」

ミタンデスだけでなく、地面に伏しているキラレテシスも布の服である。

「ああ、私たち門衛は、交代で番をしています。朝、昼、夕、深夜と、一日に幾度も交代しますので、着脱に時間のかかる甲冑は身に着けずに、剣と盾のみを持って、普段の服装のまま職務に当たっているのです」

「なるほど。話の腰を折って、すまなかった。続きを教えてくれたまえ」

ミタンデスは肯いた。

「その不審な男は、恐ろしいほど素早い身のこなしでした。短刀が篝火(かがりび)の明かりを反射して微(かす)かに輝いたと思ったら、次の瞬間には、キラレテシスの首は深く斬られていました。舞う鮮血を浴びて、男の逞(たくま)しい肉体はぬめりと赤く光っていました。圧倒的強者です。卓越した剣技もさることながら、長剣を携える私たちに間合いの短い短刀で挑む、その胆力も凄(すさ)まじい。私一人だけでは、とてもではないですが、制止することはできぬと考えて、すぐさま大声で応援を呼びました」

「それで警吏たちが駆けつけたのだな？」

「ええ、そうです。警吏が、三、四人、いえ、もっといたでしょうか、とにかく大勢やって来て、不審な男も多勢に無勢と思ってか、噴水のほうへ逃げていきました」

話を聞き終えたメロスは、口に手をあてて、考え込んだ。

「犯人の特徴は全裸。捕まえるには、全裸の男を捜せばよいのか……」

「いえ、さすがにもう服は着ているかと思います……」

「他に特徴が無いではないか！　ミタンデス！」

語勢を強めて指摘すると、ミタンデスは戸惑いながらも、当時の光景を思い返しているのか、宙に視線を彷徨わせて、ゆっくり再び話し始めた。

「逃げていく不審な男の後ろ姿を見た時、気付いたことがあります。男の尻には、大きな傷痕があったのです。獣に噛まれたような、大きな、傷痕が」

メロスは、ぎくりとした。

メロスの尻には、まさに、獣に噛まれた傷痕があったのである。

二十世紀にシケリア島に生息するイタリアオオカミは絶滅したが、もちろん紀元前のころは未だ野を駈け回っていた。幼きころから血気盛んであったメロスは、十二の時、ヒグマには勝てずとも、オオカミにならば勝てるに違いあるまいと思い込み、自分の身体よりも遥か大きな獣に闘いを挑んだ。結果、尻を噛まれ、命からがら逃げ出すこととなった。その時の傷痕が、深々と残っているのである。

ふと、昨夜から今朝にかけての出来事が脳裏に朧げに浮かび上がった。嫌な予感がする。けれども、その記憶の中の景色は明瞭な像を結ぶ前に儚く雲散霧消してしまい、結局は、なぜ噴水の傍で眼を覚ますこととなったのか、思い出せなかった。

偶然に違いあるまい、とメロスは自身に言い聞かせた。たまたま犯人の尻にも傷痕があっただけに違いあるまい。幾ら記憶が無くなるほど酒に酔うていようとも、私に限って、罪のない人を殺すなど、あろうはずがない。

メロスは、ぶるんと首を振って気を取り直し、さっそくミタンデスから得られた証言を、先刻の警吏に伝えることにした。

「警吏よ。犯人は、尻に傷痕がある逞しい男だそうだ」

要らぬ疑いを招くは得策ではないと考えて、我が身の傷については伏せた。

「尻に傷痕？　逞しい男だという情報は得ていたが、それは初耳だ。これほどの短時間で新たな証言を引き出すとは、さすが正義の人」

「それでは、逞しい男たちを捜して、取り調べをしようではないか」

「心配には及ばぬ。すでに逞しい男たちに招集をかけてある」

と警吏が言うや否や、別の若き警吏が駈け込んできて、報告を始めた。

「申し上げます。申し上げます。招集が完了しました」

メロスは感嘆の声をあげる。

「ずいぶんと手際がよい」

指揮官と思(おぼ)しき先刻の警吏は誇らしげに笑った。

「日頃の軍事訓練の賜物(たまもの)だ」

続けて彼は、

「聞け！　賊は、尻に傷を持つ者だ！」

シラクスを含む都市国家には専属の軍隊というものはなく、有事の時には、市民が武装して兵として働く。それゆえ、成人男子には一年間の兵役と、定期的な軍事訓練への参加が義務付けられていた。

日頃から訓練の陣頭指揮を担っている警吏当局は、あらかじめ、有望な逞しい男たちを把握していたようである。若き警吏に連れられて、メロス一同が近くの広場へ移動すると、そこには、すでに逞しい男たちが、むんむんと集っていた。

皆、全裸である。

「申し上げます。申し上げます。すでに脱衣は完了しています」

「ずいぶんと手際がよい……」

呟くと、傍らに立つ先刻の警吏は、また誇らしげに笑った。

「シラクスの警吏は有能な者たちばかりなのだ」

メロスは感心して深く肯いた。

そんなやり取りをしている最中にも、若き警吏たちは、逞しい男たちに手際よく指示を出し、仕度を調えていった。やがて、全裸の逞しい男たちが、尻をこちらに向けて、横一列に並んだ。荘厳な景色である。

メロスと先刻の警吏、それからミタンデスの三人は、順々に逞しい尻を品評していった。逞しいとはいえども、所詮は都会暮しの温室育ち、厳しい自然の中で培われてきたメロスの肉体に比べれば、握れば潰れる桃のような尻である。メロスは新たな尻を見る度に、嘲るように鼻から短く息を吐き出した。

そうして三人は、およそ五十個の尻を見た。いや、一人当たりの尻を二個と勘定して、およそ百個と表現したほうがよいであろうか、とにかく、全ての逞しい尻々を検閲したのである。けれども、傷物は一つも見つからなかった。

警吏が眉根を寄せる。

「ここにいないということは、犯人は、市外から来た者だな」

ミタンデスが肯く。

「それと、私が見た犯人の肉体は、もっと、恐ろしく逞しかったです」

メロスは息を呑んだ。また嫌な予感がする。

逞しい男たちが解散して、広場は静まり返った。なんとも居た堪れなくなり、メロスは警吏たちに大声で提案を持ちかけた。

「いま一度、殺害現場を見るぞ！」

現場を見たとしても役立つ発見があるとは思えなかった。ただ、何か言わなければならぬと考えて、とりあえず提案してみた。いまとなっては、もはや自分の尻に傷痕があるとは言い出せぬ。尻に傷どころか、脛に傷を持つ者に成り果てている。

それでも、事情を解していない警吏たちは、メロスの堂々とした立ち居振る舞いに全幅の信頼を置いているらしく、メロスが王城に向かって歩き始めると、ぞろぞろと後ろをついてきた。

王城の前に着くと、朝の番を務める二人の門衛が、放置されたままのキラレテシスの亡骸を見張っていた。その向こうにある青銅製の城門は、未だ閉ざされている。察するに内側から施錠されているであろう。けれども、門の番の交代が行なわれている以上、少なくとも一度は事件以降に開かれたはず。重そうな造りからするに、城門は、頻繁に開閉する類のものではなく、日頃であれば陽のある時刻は開け放たれたままになっていると思われる。それにもかかわらず、わざわざ閉ざされた。門衛が警笛などで合図でもせぬ限り開きそうにない。おそらくは、事件のことを耳にしたディオニス王が、用心のために、犯人が捕まるまで引きこもると決めたに違いあるまい。

「正義の人よ。さあ、殺害現場だ。頼むぞ」

先刻の警吏に急かされて、さっそくメロスは亡骸を観察することにした。

見れば見るほど見事に首を斬られている。出血量も尋常ではない。ペルシアから輸入した絨毯を敷いたかのように、広く地面が茜色に染まっている。

その地面を見下ろしているうちに、微かな違和感を覚えた。血痕が、噴水の方向を示すように伸びていたのである。ミタンデスは、犯人は噴水のほうへ逃げた、と言っていた。つまり、これは犯人が滴らせた返り血であろう。顔を上げて眼を凝らしてみると、ぽつりぽつり血痕は遠くまで続いていた。

　メロスはそれらを手で示し、続けて、力強く噴水の方向を指差した。

「犯人への道しるべだ！」

　メロスは歩き始める。ぞろぞろ警吏たちがついてくる。

　ところが、血痕は路の途中で途切れていた。犯人自身の出血ではないのだから、当然と言えば当然である。さりとて、犯人が急な方向転換をしたとも思えぬ。メロスを先頭とした行列は、ずんずん前進して、そのまま噴水へ向かった。

　そこには、未だ路傍の老爺がいた。

「ほれ、不吉な予兆でございましたでしょう！」

うるさい。黙らせようかと思ったが、ぐっと堪える。

「老爺よ。噴水が止まっただけで大袈裟だ」

　そうなだめても、老爺は頑なに首を横に振った。

「予兆は噴水だけではございませぬ。私は、鬼神を見たのでございます」

「鬼神だと？」

「はい、未明のころ、私が噴水まで水を汲みに来ますと、王城の方角から、それは現れました。肉体は獣のように逞しく、肌は血のように赤く、頭は雲のような異形。その姿、明らかに人ならざる者。鬼神ダイモーンに相違ございませぬ。厄災をもたらすために、この地に顕現したのでしょう」

メロスは、両手で老爺の身体を揺さぶった。

「鬼神は！　どっちへ行った！」

老爺は、首をがくんがくんと揺らしながら、問いに答えた。

「き、鬼神は、高台の林へ、む、向かいました」

噴水の近くには小高い丘があり、そこは小さな林になっていた。

さしあたり、鬼神というのは犯人のことであろう。犯人は身体が赤くぬめるほど返り血を浴びていたという話であった。これでミタンデスの証言に間違いはなかったという裏取りができた。と、そこまで考えた時、いまさら気付いた。

「老爺よ。ちなみに鬼神の背中は見たか？」

「いいえ、陽が昇る前のことでございます、街の篝火（かがりび）のみでは、そこまでは」

メロスは、老爺から両手を離して、小高い丘を見上げた。

あそこには、あれが、あるはず。

メロスには政治が分からぬ。哲学も分からぬ。数学も科学も分からぬ。けれども邪悪に対しては、人一倍に敏感であった。それゆえ、
メロスは推理した――。

警吏たちのほうを振り返って、胸を張る。

「高台は王城から近い！」

先刻の警吏が、首を傾げつつも、同意を示す。

「そうだな。走ればすぐだ」

「高台の林に何があるか、考えてみたまえ」

「人工の池、貯水槽と言ったほうがよいか、それがある」

「その通りだ。噴水のために水が溜められている」

警吏は困惑した顔をした。

「それがどうしたのだ。いったい何を言っている」

メロスは肯いて、皆に対し、落ち着いた声で告げる。

「犯人が何をしたのかが分かったのだ」

警吏たちは、正義の人の次の言葉を待っているのであろう、黙り込んだ。

メロスは期待に応える。

「すでに承知しているだろう。そこの老爺が言っていた鬼神というのは、犯人のことだ。犯人は高台へ向かったのだ。しかし、小さな林に隠れているとは思えぬ。単純に考えれば、そのような逃げ場の無い場所には向かわずに、市外か自宅に行きそうなものだ。では、なぜ、高台へ向かったのか。それは、すぐにでも返り血を洗い流すために水が必要だったのだ。最初は噴水を使うつもりだったのだろう。ところが、そこには老爺がいた。そこで犯人は高台にある貯水槽へ向かったのだ」

先刻の警吏が幾度も肯（うなず）いた。

「犯人が血を洗い流したということだけは分かった……」

まだ何か言いたげである。メロスは言葉を遮るように続きを語る。

「ここで大事なのは、すぐにでも、という点だ」

「どういうことだ？」

メロスは、皆のほうへ向き直った。

「犯人の行動を、順を追って説明しよう。まず、犯人は、殺害現場で服を脱いだ。服を脱いだ理由は返り血を警戒してのことだ。被害者のキラレテシスは盾を持っていたので、胸を刺すのは困難、ひと息で殺すには出血量の多い首を狙う必要があった。そうして、全裸になった犯人は、長剣で被害者を殺害し、その後、脱いだ服で顔を覆って、高台に向かった」

「待ってくれ、正義の人よ。犯人は顔を覆った状態で現れて、短刀で襲いかかってきたのではないのか？」

「唯一の目撃者は殺してしまうのだから、顔を隠す必要はあるまい。凶器についても、手元に長剣があるのだから、短刀を用意するまでもない」

「まさか……」

警吏たちも、犯人が何者であるか、気付いたようである。

「貯水槽で、身体と長剣についた血を洗い流した犯人は、すぐに城門の前に引き返して、大声で警吏たちを呼んだ」

「尻に傷痕のある逞しい男が見つからなかったのは、もしかして……」

「そう、傷物の尻なぞ、初めから存在していないのだ」

メロスは、一人の人物に歩み寄った。

「犯人がしたことは、虚言。つまり、お前が犯人だ、ミタンデス！」

言い切ると、ミタンデスは忙しく両手を振った。

「いえ、私は犯人ではありません……」

そう言うであろうことは織り込み済み。

メロスは、得意げに笑みを作り、未だ傍らにいる老爺に眼を向けた。

「老爺よ。噴水が止まったのは、鬼神を見た後だな？」

「はい、いつ止まったのか、正確な時刻は分かりませぬが、鬼神が高台へと向かうより前には、確かに噴水から水は出ておりました」

改めて警吏たちのほうへ向き直る。

「聞いただろうか。犯人が貯水槽で身体を洗った後、噴水が止まった。このような偶然があるとは思えぬ。おそらくは、犯人が貯水槽に何かを投げ入れたがために、配水管が詰まったのだ。では、何を投げ入れたのか。それは、持っていると、犯人と特定されてしまう物に違いあるまい。キラレテシスから奪った金品か、あるいは返り血が染みてしまった装飾品か、はっきりしたことは分からぬが、とにかく、それを持ったまま殺害現場に戻ることはできなかった。それゆえ、貯水槽に投げ入れた」

メロスは、勢いづけて、高台を指差した。

「向かうぞ！　そこにミタンデスを犯人とする証拠がある！」

ぞろぞろと全員で斜面を登る。

高台の林の中には、石で組まれた人工の池、すなわち湧き水が流れ込む貯水槽があった。数坪ほどの小さなものであるが、深さは一間以上と、思いのほか深い。メロスは、ぱっと服を脱ぎ捨て、全裸になって、ざんぶと水に飛び込んだ。

証拠の品は、噴水へと繋がる排水口に詰まっているはずである。案の定、水底にある穴に、なにやら棒状のものが、引っ掛かっている。メロスはそれを引き抜くと、すぐさまイルカの如く浮上し、飛び上がり、水から上がって貯水槽の縁に立った。それから、手の中の棒状の物を見つめる。

棒状の物、それは、鞘に収まった短刀であった。

メロスは重ねて推理しようとした――。

さりとて、推理するまでもなかった――。

排水口を詰まらせていた短刀は、メロスが日頃から愛用している、クールな短刀だったのである。ふと、朧(おぼろ)げな記憶が再び脳裏に浮かぶ。記憶の中のメロスは、暗い街を、王城前から噴水方面へ向けて走っていた。その時のメロスは、走りながら、こんなことを考えていた。

まずい、やらかしてしまった。

それより水だ、いまは水が必要だ。

警吏たちに囲まれる中、メロスは揺れる水面を見つめて、それから、再び手元の短刀に視線を落とした。返り血で全身が濡(ぬ)れているような錯覚を覚える。

「犯人は、私か……？」

不意にこぼれた言葉は、誰にも聞こえぬ程度の小声。それにもかかわらず、周囲が途端に騒がしくなった。

「正義の人よ、どういうことだ。其方(そなた)の尻には傷痕があるではないか……」

指揮官と思(おぼ)しき警吏が言った。

言い逃れはできそうにない。いや、そもそも言い逃れをしようとする心根が浅ましい。ああ、記憶こそ無いが、私が犯人なのだろう。王を殺そうと画策し、勢い余って門衛を手に掛けたのだ。自分は思慮が浅いと、ほんのわずか、自覚はあった。その性分が、酒の力によって最悪な形でもって表出してしまった。私は、鬼神ダイモーンの呼び名に相応（ふさわ）しい、邪悪な身分に堕ちたのだ。素直に認めよう。皆から責め立てられよう。私こそ、地上で最も不名誉な人種だ。

「すまぬ。正確な記憶は無いが、私がキラレテシスを殺したようだ」

言うと、辺りはしんと静まり返った。

メロスはよろよろとミタンデスの前まで歩いた。

「ミタンデスよ、殴ってくれ。同僚を殺した上に、お前のことを疑った。人を疑うことは最も恥ずべき悪徳だ。この身が爆発四散する勢いで殴ってくれたまえ」

彼は首を横に振った。さすがにそれは無理、とでも言いたげな顔であった。

引き続き誰もが口を閉ざしている。それもそうだ。正義の人と思っていた存在が犯人だったのだ。私は信頼を裏切ったのだ。

メロスは、皆のほうを向き、両手を大きく広げた。

「命を賭（と）して償おう。お前たちの手柄として、私を磔（はりつけ）の台に送るがよい」

そのようなことを宣言せずとも、王城の衛兵を殺したとあれば、処刑されるは確定事項。そう、確定だ。私は確実に殺される。

そこまで考えが至った時、メロスは、シラクスに来た理由を思い出した。

内気な妹と佳（よ）き人々、それから佳き友の姿が、目に浮かぶ。

「……私は、私は喜んで処刑される覚悟だ。その気持ちに偽りはない。ただ、私に情をかけたいつもりならば、しばらくの間だけ見逃して欲しい。やり残したことがあるのだ。それを終えたら、必ず、ここに帰ってくる」

警吏たちにしてみれば速やかに賊を捕縛すべき状況であろう。けれども、急な展開に戸惑っているのか、あるいは未だ正義の人を慕う気持ちが残っているのか、彼らは何もせずに立ち尽くすばかりであった。

その無音の牽制（けんせい）を打ち払うは、一つの、しわがれた声。

「警吏ども、何をしている。早く其奴（そやつ）を捕らえよ！」

その声を聞いた警吏たちは、姿勢を正して、声の主を出迎えた。声の主が緩慢に歩んでくる。豊かな髭（ひげ）をたくわえた老齢の男である。偉そうな態度からするに、警吏より身分が上の者。ディオニス王だろうか。いや、王はアラフォーのはず。眼の前の男は、それよりももっと老いている。

抱いた疑問に答えるかのように、指揮官と思しき警吏が、男に声をかける。

「ご足労いただいて誠に恐れ入ります、プラトンさま」

プラトン。聞いたことのある名だ。たしか、著名な哲学者だ。

哲人プラトン。古代ギリシアの代表的な哲学者の一人。ソクラテスに師事し、イデア論や理想国家について説いた人物である。後世の西洋哲学史に多大な影響を与えた彼は、紀元前三六一年より、理想国家実現のために、シラクスにて王の教育係を務めていた。もちろんそれは、メロスの与り知らぬところである。

プラトンは周囲を一瞥して、それから、先刻の警吏を冷たく見つめた。

「挨拶なぞいらぬ。無能な警吏どもよ、さっさと賊を捕らえるのだ」

「それが、この男は、正義の人でありまして……」

「正義の人だと？　本質を見るのだ。此奴は、ただの見知らぬ不審者ではないか！」

正論である。ましてや、いまのメロスは全裸であった。

警吏たちは、言われてみれば、と言わんばかりに我に返った顔をして、たちまちのうちに、長剣を抜いてメロスのことを取り囲んだ。

メロスは咄嗟に短刀の柄を摑んだ。けれども、すぐ考え直した。刃物を振るえば死者が出かねない。これ以上の罪の上塗りはご法度だ。そうして、柄から手を離し、警吏たちに差し出すように、短刀を地面の上に投げ捨てた。警吏たちは、メロスが降参を表明したと思ったらしく、全身から力を抜いた。

だが、降参する気は無し。

野生のファイターであるメロスは活路を見出すために瞬時に思考を高速回転させていた。それは智慧を絞るのとは別種の限りなく反射に近い技能。つぶさに視界に映る情報を分析して解を探る。警吏たちの装備は長剣と盾と甲冑。長剣には一撃必殺の攻撃力と広い間合いという大きなメリットがある。反面、攻撃方法が斬るか刺すかに限定されるために、次の一手が読まれやすい。メロスの動体視力をもってすれば長剣による致命傷の回避は容易(たやす)いであろう。その点、徒手空拳(としゅくうけん)の技は多彩である。甲冑をまとった者が相手でも、身を低くして距離を詰め、足を掬(すく)って寝技に持ち込めば勝てる。いや、それは一対一の戦法。対複数の状況において寝技は悪手。なにより、いまの勝利条件は制圧ではなくて逃げることである。背後には貯水槽があり、まさに背水。逃げるには前進あるのみ。となれば、防衛網の一点を崩すが最適解。では、どこを崩すのか。それは、丸腰のプラトンが立つ位置だ。

その答えに至るまでの所要時間、〇・〇一秒。メロスは、張り詰めた弓の如く両の脚に力を込めて、それから、プラトンに向けて一気に駈けだした。

ところが、メロスの考えは甘かった。無能と形容された警吏たちは要人警護に特化したプロフェッショナルだったのである。メロスの狙いがプラトンであると判明するや否や、彼らはポテンシャルを限界まで引き出し、盾を構えて突進してきた。瞬時にして面の圧力によってメロスは身動きが取れなくなった。それどころか、何者かに頸(けい)動脈(どうみゃく)を締め上げられて、意識が遠退く。

「不甲斐(ふがい)ない……」

自虐の言葉を口ずさむと同時に、メロスは、気を失ってしまった――。

扉の開く重たい音が聞こえる。

背中には冷たく硬い感触がある。

眼を開くと、そこは石でできた独房であった。

「出ろ。ディオニス王がお呼びだ」

独房の入口には警吏が立っていた。姿こそ見えぬが、その背後にも多くの警吏が控えているであろう。ここで抗っても仕様がない。

メロスは、そそくさと傍らにあった服をまとい、指示に従った。

複数の独房が並ぶ廊下を抜けて、外に出ると、そこは中庭であった。すでに陽は落ちている。長く気を失っていたようである。周囲を見る。庭は広く、木々が植えられて、中心には清水を湛える池まであった。おそらく、ここは王城の中と思われる。

やんぬるかな。間もなく、王から処刑を命じられて、私は殺されるのだ。

警吏に連れられながらメロスは諦念を抱いた。メロスほどの男でも、やはり弱気になることもある。もはや自力救済は敵わぬ。後は、祈ることしかできぬ。

おお、セリヌンティウス、セリヌンティウスよ――。

今際の際に祈りを捧げた相手は、天上の神々ではなく、無二の親友、セリヌンティウスであった。メロスにとって、なによりも頼りになるのは彼だったのである。

その願いが通じたのか、聞こえた。

「メロスよ。私も共に行こう」

中庭に、セリヌンティウスがいたのである。

「なぜ、お前が、ここにいるのだ……」

「衛兵に許可を得て面会に来たのだ。何があったのかは街の噂で聞いた。理性を失うほど酒を呑ませた私にも責がある。共に王の前で膝をつこうではないか」

セリヌンティウスは、佳い友達の見本であるかのように、優しい言葉を口にした。

メロスは、口元を引き締めてゆっくりと肯いた。

彼は頼もしい。その頼もしさに背中を押されて力強く前を向く。

名誉を守るのだ。門衛を死なせてしまったことは深く後悔している。ただ、それはそれ。もとを正せば、悪政を振るう王にこそ原因がある。王は一人の門衛どころか大勢の臣下と市民を殺しているのだ。身勝手な考えかも知れぬが、犠牲を生んでしまったからこそ、必ずや、成し遂げねばならぬことがある。王に進言するのだ。王に、己が如何に愚かであるかを、知らしめるのだ。

威風堂々、メロスは謁見の間に足を踏み入れた。

謁見の間は細長く、左手には等身大の石像が幾つも並んでいた。いずれも筋骨隆々とした半裸の男の像である。モデルが同一人物なのか、全て同じ顔をしている。さりとて、それぞれポーズは異なった。剣を構えるマッチョ、拳を握るマッチョ、何かを頑張るマッチョ、はにかむマッチョ、マッチョ、マッチョ、もっと、マッチョ。とにかく、たくさんの石像が並んでいる。

それらの像を順に眺めていると、部屋の最奥から声がした。

「石像が気になるか？」

玉座に座する男、暴君ディオニスである。

ディオニスの顔は、蒼白で、髭面で、眉間の皺は刻み込まれたように深かった。その顔には見覚えがあった。いましがた鑑賞した石像と同じだったのである。なるほど、自己愛が強いと見える。ただ、石像に比べて王の肉体は華奢であった。

「わしは、数百年後には、白亜の像がトレンドになると考えておるのだ」

言われて、メロスは改めて石像に眼を向けた。確かに、いずれの像も白い。

古代ギリシアでは、石像は極彩色に染めるのが一般的であった。それにもかかわらず、この部屋に並べられている像は、全て塗装が施されていなかったのである。

メロスは、再び王を見る。

「人の生死に興味はなくとも、石像には拘りがあるのだな」

「石像は裏切らぬからな」

王は、ほくそ笑み、顎をしゃくった。

すると、王の傍らに控えていたプラトンが、警吏たちを睨んだ。

「警吏どもよ、何をしている。急ぐのだ」

メロスは王の前に引き出されて、それから、強引に膝をつかされた。すぐ隣で、セリヌンティウスが自主的にメロスと同じように膝をつく。

その様子を見た王は、一本の短刀を掲げた。メロスの短刀である。

「この短刀で本来は何をするつもりであったか、言え」

王は静かに、けれども、威厳をもって問いつめた。

「市を暴君の手から救うのだ」

メロスが悪びれずに答えると、王は憫笑した。

「お前がか？」

尤もな疑問である。メロスは何も言い返せず、歯嚙みした。

溜め息の音が聞こえる。

「お前は、仕方のない奴じゃ。お前には、わしの孤独が分からぬ」

メロスはいきり立って反駁する。

「言うな！　人の心を疑うは悪徳だ。王は民の忠誠をさえ疑っておられる」

対して、暴君は落ち着いた声で報いた。

「疑うのが正当な心構えなのだと、わしに教えてくれたのは、お前たちだ。人の心は当てにならぬ。人間は、もともと私欲の塊だ。信じては、ならぬ」

再び、ほっと溜め息の音が聞こえ、

「わしだって、平和を望んでおるのだがな」

今度はメロスが嘲笑した。

「なんのための平和だ。地位を守るためか。罪のない人を殺して、何が平和だ」

我ながら身につまされる。自省を込めた言葉である。その必死さゆえか、王の胸に刺さったらしく、王は瞬く間に顔色を変えた。

「黙れ、下賤の者！　口では、どんな清らかなことでも言える。わしには、人の腹綿の奥底が見え透いてならぬ。お前だって、いまに、磔になってから、泣いて詫びたって聞かぬぞ」

「ああ、王は悧巧だ。自惚れているがよい。私は、ちゃんと死ぬる覚悟でいる。命乞いなぞ決して——」

と言いかけて、メロスは床に視線を落とし、躊躇い、故郷を想った。

「命乞いなぞ、決してしまい。ただ、処刑までに三日間の日限を与えて下さい。たった一人の妹に亭主を持たせてやりたいのです。三日のうちに私は村で結婚式を挙げさせ、必ず、ここへ帰ってきます」

妹イモートアにとってメロスは唯一の家族である。メロスが処刑されても村に報せが届くことはないであろう。そうなれば、内気なイモートアは、死ぬまで、たった一人で、行方知れずの兄の帰りを待つことになる。そのような未来だけは回避せねばならぬ。そのためにも新しい家族を妹に持たせてやらねばならぬ。

　暴君は低い声で笑った。

「馬鹿な。とんでもない嘘を言うわい。逃した小鳥が帰ってくるというのか」

「そうです。帰ってくるのです！」

　メロスは言い張った。王は腹のうちを探るような視線を寄越してきた。

　静寂。その間隙を突くように、プラトンが、声を発する。

「ディオニス王、もうよいでしょう。此奴の話など聞く必要はありませぬ。愚民を光へと導くのが王の務め。善行とは何かをお考え下さい。邪な者に、相応しい光を、さあ、与えてやるのです」

　王はこちらに視点を定めたまま、

「プラトンよ、黙っておれ」

「しかし、これ以上、人を惑わす存在を放ってはおけませぬ」

「プラトン、お前はただの教育係だ。いつから、わしに指図できると思った」

「ディオニス王よ、私の言葉は本質です。私を信じて下されば……」

「プラトン！」

　未だプラトンは何かを言いたげであったが、王はそれを遮った。

　再びの静けさの中、王は、滔々と語り始める。

「プラトンよ、お前は、もう下がっておれ。お前の今日の務めは終わりじゃ。いますぐ離れへ帰るがよい」

続けて、王は顎を振った。二名の警吏がプラトンを挟み込む。プラトンは苦々しい顔をしたものの観念して、謁見の間から出ていった。

扉が閉ざされる音が響くと、王は、改めてメロスを見下ろした。

「して、何をもって、わしを信じさせる。まさか綺麗事のみではあるまいな」

メロスは頭を下げて訴える。

「私は約束を守ります。そんなに私を信じられないならば、よろしい、いま隣にいる石工、セリヌンティウスを、私の無二の友人を、人質としてここに置いていこう。私が逃げてしまって、三日目の日暮まで、ここに帰ってこなかったら、この友人を絞め殺して下さい。頼む！　そうして下さい！」

周囲にいる警吏たちから、軽蔑とも疑念とも取れる視線が注がれる。

ずっと頭を下げて黙り込んでいたセリヌンティウスも、さすがにメロスの発言は看過できなかったらしく、口を挟んできた。

「待て。待つのだ、メロス」

「待たぬ。待たぬぞ、セリヌンティウス」

「話がおかしい。話がおかしくはないか、メロス」

「何もおかしくない。おかしくないぞ、セリヌンティウス」

メロスは真剣な顔をして、佳き友の姿を見つめ、さらに言葉を振り絞った。

「後生だ、セリヌンティウス。私には、命に代えられるものは、お前しかないのだ」

セリヌンティウスも、メロスと同じく、真剣な顔をする。

「私は、お前の命と、等しい存在なのだな？」

「もちろんだ。私にとって、お前は、なによりの宝だ」

彼は深く肯いた。その眼には、信頼の情がこもっていた。

「よかろう。走ってこい、メロス」

メロスも深く肯いて、それから、王のことを睨んだ。

「ディオニス王、もう一度言いましょう、私は無二の友人を、ここに置いていく。必ずや約束を守るという誓いを立て、ここに置いていくのです！」

しばし呆けた顔をしていた暴君は、再びの訴えを聞き終えると、じっとこちらを見据えて、残虐にも、ほくそ笑んだ。その顔から考えていることが手に取るように分かる。耳元で囁かれているかのように心の声が聞こえてくる。

生意気なことを言うわい。どうせ帰ってこないに決まっている。この嘘つきに騙された振りして、放してやるのも面白い。そうして身代わりの男を、三日目に殺してやるのも気味がよい。人は、これだから信じられぬと、わしは悲しい顔して、その身代わりの男を磔刑(たっけい)に処してやるのだ。世の中の正直者とかいう奴輩(やつばら)に、うんと見せつけてやりたいものだ――。

「願いを聞いた。その身代わりを預かろう。三日目の日没までに帰ってこい。遅れたら、その身代わりを、きっと殺すぞ。ちょっと遅れてくるがよい。お前の罪は、永遠に許してやろうぞ」

「な、何をおっしゃる……」

「はは。命が大事だったら、遅れてこい。お前の心は、分かっておるぞ」

メロスは口惜しく、地団駄を踏んだ。ものも言いたくなくなった。

周囲にはべる警吏たちも、メロスと同じように、渋い顔をしていた。王の酔狂な戯れには付き合いきれぬとでも言いたげである。さりとて、そのようなことを口にすれば、処刑されるは必定。誰もが黙り込んでいた。

言い知れぬ気まずい気配が、夜のしじまに染みていく。

その静けさの中、早くも出発の時。

暴君ディオニスの面前で、佳き友と佳き友は、無言で肯き合って、無言で、ひしと抱き締め合った。友と友の間は、それで十分であった。

警吏たちが王の命に従い、戸惑い露(あら)わに近寄ってきて、セリヌンティウスに縄打った。佳き友は、先刻までメロスが囚(とら)われていた牢獄(ろうごく)に、連れていかれた。

そんな彼の後ろ姿を見届けてから、メロスは、王城を辞した。

まずは、セリヌンティウスの工房を訪ねて、置かれたままの自分の荷物を引き取った。当然ながら彼はいなかった。対応した彼の弟子は未だ師が投獄されたことを知らぬようで、遅くまでお疲れ様です、と社交的な挨拶のみをした。メロスは何も告げなかった。三日後には、何事もなかったかのように、彼は帰ってくるのだ。

それから夜通し走ることを考えて、松明や飲み水、幾ばくかの食料を調達する。遅くまで開いていた商店には小麦粉も置かれていた。事件さえなければ、今日は、彼と共にこの小麦粉を購入していたはずである。後ろ髪を引かれつつも、メロスは着々と身支度を調えていった。さあ、準備はできた。

結婚式に必要な花嫁の衣裳や祝宴のご馳走を背負って韋駄天、メロスは市の外へ向かった。そうして、街の明かりが遠くなったころ、メロスは、はたと脚を止めて、後ろを振り返った。とんでもないことをしてしまったと、いまさらながら思い始めたのである。我が身の未熟によって、佳き友を、身代わりにしてしまった。

メロスは、男泣きに泣いた。

ああ、セリヌンティウス、セリヌンティウスよ――。

遠い街の明かりが、涙で滲み、揺らぎ、複雑な輝きを放つ。

やがて、その輝きの中に、一つの人影が蠢いた。

「さあ、メロス。共に走ろうではないか」

「お、お前は、なぜ、ここにいるのだ……」

眼の前に立つ人影は、セリヌンティウスの姿をしていた。

佳き友の姿をした『奴』は、笑う。

「ははは。君の妄想がもう一人の私を生み出したのだろう」

メロスは、その頬に、その胸に、そっと触れて、

「これが幻だというのか……」

呟くと、セリヌンティウスの姿をした『奴』は、眼を細めた。

「信ずる心は、ときに、幻を見せるものだ」

さらに『奴』は言葉を足す。

「私は、君と共にいる。さあ、我々の故郷の村へ急ごうではないか」

メロスは事態を呑み込めていなかったが、『奴』の言うとおり急がねばならぬは事実ゆえ、曖昧に肯いた。

「……セリヌンティウスを救うために、セリヌンティウスと共に走るというのは、いささかややこしい。私の妄想から生まれたイマジナリーな存在だというならば、どうだろう、お前のことは、イマジンティウスと呼ぼうではないか」

眼の前の『奴』は少しく首を傾げ、それから微笑んで、幾度も小さく肯いた。

「よかろう。君と共に走る私は、イマジンティウスだ」

メロスは頬の涙をぬぐい、前へ向き直った。

イマジンティウスが、大きな声でもって背中を押す。

「勇者となれ、メロスよ！」

紀元前三六〇年シケリア島、メロスは、友を救うために走りだした。

初夏、満天の星である。

第三話　メロスは奮闘した

名は体を表す、という諺（ことわざ）がある。人や物の名前はそのものの本質を表しているという意味の言葉である。

賢明な読者諸氏ならばすでにお気付きのことと思うが、この物語の登場人物たちの名は、適当である。ギリシア語は人名を含む固有名詞にも格変化があり、男の名は語尾に男性名詞を示す「ス」が付く場合が多い。その文化のみに倣って、作中の人物たちは雑に命名されているのである。例を挙げると、ムコス、ミタンデス、イマジンティウス、あれやこれ。

この度、メロスに事件解決の依頼をしてきた者の名は、ゾクノボス。山賊の頭領である。殺された被害者の名は、ダボクデシス。死因は説明するまでもあるまい。

さあ、なぜ、メロスが再び殺人事件に巻き込まれることとなったのか、それを物語るために、少しく、時間を遡（さかのぼ）ろう――。

紀元前三六〇年シケリア島、メロスが首都シラクスを発（た）って三日後の午前、すなわち、結婚式を終えて故郷の村を発った後のことである。

メロスは独り、雨の中を走っていた。

イマジンティウスの姿はない。全力で走ると、彼は消える。おそらく、筋肉を効率よく駆動させるのに脳のリソースが割かれて、妄想が途切れるのだろう。

孤独の路(みち)は、つらかった。佳(よ)き人たちと故郷で暮していきたいという想いによって、幾度か立ち止まりそうになった。その度にメロスは、えい、えいと大声あげて自身を殴りつけて、どうにか、走り続けた。

野を横切り、隣村を抜けて、広大な森に入ると、間もなく雨も止み、陽は高く昇って、いよいよ暑くなってきた。額の汗を拳(こぶし)で払ってメロスは思う。もう村からだいぶ離れた。ここまで来れば大丈夫。もはや故郷への未練はない。妹たちは、きっと佳い夫婦になるだろう。私には、いま、なんの気掛かりもないはずだ。まっすぐ王城に行き着けば、それでよいのだ。そんなに急ぐ必要もあるまい。歩こう。

持ち前の呑気(のんき)さを取り返し、メロスは好きな小歌をよい声で歌いだした。

ぶらぶら森の中を歩いて、二里行き、三里行き、そろそろ全里程の半ばに到達したころ、降って湧いた災難、男の悲鳴が聞こえてきた。

悲鳴の出どころは遠くない。様子を見に行くことは容易(たやす)いであろう。さりとて、いくら時間に余裕があるとはいえ、もう厄介事に巻き込まれたくはない。結婚式直前の殺人事件にしても、解決はできたものの、一歩間違えれば大幅な時間のロスになりかねなかったのである。再び物騒なことに首を突っ込んだとして、今回も解決できるとは限らぬ。悲鳴の主には申し訳ないが、ここは素通りさせてもらおう。

メロスは、ジョギング程度に脚を速めて森の中を突き進んだ。けれども、なんたる不運、血を流して倒れている男のもとに、見事、辿り着いてしまった。

大木の根元に伏している男は、太っていた。体重は四十貫ほどであろう。この時代には珍しい巨漢、いや、肥満である。その太った男は、頭部に怪我を負って、絶命していた。傍らには土から少しく顔を出した岩があり、そこには血液と毛髪が付着している。事故であろうか。転んで岩に頭を打ちつけたのかも知れぬ。

南無三、見なかったことにするか。事実を突き止める余裕も、埋葬してやる時間もない。けれども、何もしないのも躊躇われる。

良心の呵責に苛まれた。メロスを構成する要素の半分は、正義の心である。ちなみに、残りの半分はフィジカル。短い逡巡の後に、メロスは祈りだけは捧げることにした。片手を高く掲げ、神々に向けて死者の安寧を願う。それから、再び走りだすためにシラクスの方角を向いた。

そうして、一歩踏み出した時、災難が、牙を剥いた。眼の前にむさ苦しい男たちが躍り出たのである。皆、無造作に髪と髭を伸ばして、棍棒を背負っている。明らかに山賊。メロスは咄嗟に身構えた。

すると、頭領と思われる偉そうな男が、太い声を発した。

「待t」

「待たぬ」

メロスの切り返しの速さは天下一品。二音目の子音が発せられた瞬間には返事をしていた。賊徒の相手をしている暇はない。さっさと、やってしまうか。いや、無視するのがよいだろう。メロスは、山賊たちの横を通り過ぎようとした。

ところが、またもや頭領が引き留める。

「待て！　お前は、死体を見ても何も思わねえのか！」

その怒声を聞いて分かった。そういうことか。

メロスは推理した――。

死体を見ても何も思わねえのか、という言葉には、この死体と同じ目に遭わされたいのか、という脅迫の意味が込められているであろう。つまり、太った男を殺したのは、山賊たちに違いあるまい。殺人を犯すとは、許せぬ。

「成敗！」

メロスは頭領のことを殴った。全員を殴り倒せば事件解決である。

さらに拳を振り上げる。その時、頭領がまた怒鳴った。

「お、おい、待たねえか！　メロス！」

メロスは手を止めた。

「なぜ私の名を知っている」

「昨日、罪人を抱えた警吏たちから聞いたのだ――」

罪人とは、村でギフスを殺害したコトダロスのことであろう。

山賊の頭領曰く、シラクスへ向かう途中の警吏たちが、メロスという、なんか逞しい男がこの路を通る、と言っていたとのことである。

「山賊と警吏が懇意とは、何を企んでいる」

メロスは見せつけるように拳を握り締めた。警吏たちは、あの方から、すなわちプラトンから、メロスを監視するよう命じられたと言っていた。山賊を懐柔して妨害工作を仕掛けてきたとしても不思議ではあるまい。

「落ち着いてくれ、メロス。たまたま、ちょっと会話しただけだ。警吏と罪人の話じゃ、お前は見事な推理で村の殺人事件を解決したそうじゃねえか。そこで相談だ。頭を怪我して死んでいるのは俺の手下なのだ。殺した奴を見つけてくれ」

メロスは肯いて、勢いよく、指差した。

「犯人はお前だ、山賊の頭領よ!」

「いや、待て。人の話を聞け、メロス」

「山賊は人を襲う畜生だ」

「ま、まあ、否定はできねえが、俺は手下を殺したりなんかしねえよ。なにより、こうしてお前に事件解決の依頼をしているのだ、犯人なわけねえだろうが」

一理ある。さりとて、

「お前が犯人でないのだとしたら、もはや、お手上げだ。私には真相を探る時間はない。シラクスまで走らねばならぬのだ」

「それも警吏から聞いた。友人が待っているらしいな」

「分かっているならば話は早い。すまぬ。ご免こうむって行かせてもらおう」

言っても、頭領は食い下がった。

「待て、メロスよ。お前は走った先にゴールがあると言うのだな？」

要領を得ない質問である。メロスは面倒臭そうに、

「当然だ。日没までにシラクスに行き着けばゴールだ」

頭領は緩慢に首を横に振った。

「いいや。お前は目的と手段を履き違えている。信ずる心の正当性を示すことが目的であって、走ることは手段であるはずだ。いま殺人事件を見なかったことにするのは社会通念に反する。いわば世間の信頼を裏切る行為。裏切り者のままシラクスに行き着いたとして、果たしてそれは、ゴールと呼べるのだろうか」

この男、山賊のくせに弁が立つ。

メロスは迷った。賊から社会通念を説かれるとは思いもしなかったが、その言い分には理があるように感じられた。しかし、王との約束を違えるわけにはいかぬ。佳き友を死なせるわけにはいかぬのだ。いま必要なのはトリアージ。自分にとって優先度が高いのは友の命だ。私は間違っていまい。たぶん、間違っていない、と思う。

「山賊よ、屁理屈はよせ。シラクスに着きさえすればゴールだ！」

言い返すと、やれやれ、と言わんばかりに頭領は再び首を横に振った。

非常に腹立たしい。メロスはさらに言い募る。

「だいたい、そのような理屈を考えつくほど智慧が廻るのならば、お前が事件を調べればよいではないか。私に頼る必要はあるまい」

「そうしたいのは、山々なのだが……」

頭領は、手下たちのほうを、ちらと見た。

その様子を見て察した。森の中にはメロスと山賊以外の姿はない。となれば、犯人は手下たちの可能性がある。頭領として部下に疑いをかけるわけにはいかぬのであろう。彼は、信頼と疑念の狭間で、揺れているのである。

途端に我がことのように思えてくる。メロスは、溜め息をついた。

「やれやれ、信ずる心を守るため、私がひと肌脱ぐしかないようだな。山賊よ、よかろう。時間の許す限り、事件解決に尽力しようではないか」

頭領は満面に喜色を湛え、がはは、と下品な笑い声をあげた。

「助かる。そうと決まれば自己紹介しよう。俺は賊の頭領、ゾクノボスだ」

続けて彼は、手下たちを手で示す。

「あっしはアヤシスでやんす」

「あっしはイブカシスでやんす」

と、手下たちも順々に名乗っていった。どいつも怪しい上に訝しい。

さりとて、見た目の印象のみで判断しては、真実を見誤る可能性もある。まずは聞き込みから始めるがセオリー。なにより、気になっている点がある。

「さっそくだが、ゾクノボスよ。私が亡骸を発見した時、周囲にお前たちの姿はなかった。私は自分が第一発見者だと思っていたのだが、お前たちは、仲間が死んでいることを知っていたかのように振る舞っている。どういうことだ？」

ゾクノボスは、一つ肯いて、腕組みしながら語りだした。

「ああ、それはな——」

雨が上がって、しばらく経ってのことである。ゾクノボスたちが草原で昼寝をしていると、男の悲鳴が聞こえてきた。彼らは現場へ急行した。するとそこには、太った手下、ダボクデシスが、頭から血を流して死んでいたのであった。何者かの犯行によるものと考えたゾクノボスたちは、すぐさま周囲を捜索した。そうして、走ってきたメロスとの邂逅に至ったそうである。

「なるほど……」

と呟いてから、メロスはさらなる疑問を抱いた。

「経緯は分かった。しかし、ぽっと現れた私を犯人とは思わなかったのか？」

その問いに答えたのはアヤシスである。

「犯人ではないと分かっていやす。あっしが見張り台から見ていたでやんすから」

「見張り台？」

「木の上に即席の見張り台があるでやんす。ダボクデシスの悲鳴を聞く直前、こっちに歩いてくるメロスさんの姿を見やした。でかい声で歌っていやしたね」

「う、歌声が聞こえていたのか？」

「へい。それは、もう、へへへ、なんていうか、へへへ……」

ちょっと、恥ずかしい。近くには誰もいまいと思っていたからこそ、小歌を熱唱していたのである。それを聞かれていたとは居心地が悪い。メロスは、お前たちも聞いたのか、という想いを込めて、ゾクノボスたちのことを睨んだ。

ゾクノボスが澄ました顔で肩をすくめる。

「俺たちは寝ていたから聞いてねえよ」

イブカシスも首肯でもってゾクノボスの意見に同意を示した。

とにかく、これで気になっていたことの答えは分かった。メロスがダボクデシスの亡骸を発見するよりも先に、山賊たちは犯人捜しを始めていたのである。

「それで、捜索の結果、私以外の人物はいたのか？」

尋ねると、ゾクノボスは首を振った。

「いいや、見た限りでは、周囲には誰もいねえな」

続けてアヤシスも言う。

「あっしは見張り台の上で悲鳴を聞いたでやんすが、あっしら以外の人はいないでやんすね。強いて言うなら、遠くに警吏の姿が……」

「警吏がいるのか？」

「へい。メロスさんのことを見張っているのだと思いやす」

気が付かなかった。とはいえ、さもありなん。見張れと命じられている以上、メロスが王城に到着するまで、最低でも一人は警吏が尾行し続けるのであろう。ただ、遠目に見ているだけということは、事件に関与していないのは明白である。

「アヤシスよ、お前は、見張り台にいたということは、ダボクデシスに何があったのかも見ていたのではないか？」

「それがでやんすね、ダボクデシスの死んでいる位置は、見張り台からでは茂みの陰になっていて、見えないのでやんすよ」

メロスは、口元を押さえて、短く唸った。

得られた情報が、仮に全て真実だとすれば、周囲には誰もいない上に、ゾクノボスたちは草原に、アヤシスは見張り台にいたので、ダボクデシスは一人で死んだということになる。やはり、転んで岩に頭を打っただけなのかも知れぬ。

それを確かめるために、メロスは、ダボクデシスの亡骸に歩み寄った。

相変わらず、うつ伏せのまま、ぴくりとも動かない。間違いなく死んでいる。頭部からの出血を見る限り、死因は打撲と断定して問題ないであろう。

亡骸に続き、今度は傍らの岩に眼を向ける。血液と毛髪が付着している。しゃがみ込んで念入りに観察すると、凹凸のある表面には、頭皮と思われる組織までこびり付いていた。ダボクデシスの頭部を割った物は、間違いなく、この岩である。岩は、一角のみを地表に覗かせた状態で、ほとんど土に埋まっている。このような岩塊で頭部を損傷したということは、やはり、答えは、

「ダボクデシスは、転んで岩に頭を打ちつけたのだろう。殺人ではなく事故だ」

これにて事件解決、と思った途端、ゾクノボスが、肩をすくめて、ゆっくり首を左右に振った。やれやれ、を表すジェスチャーである。

メロスは立ち上がって、苛立ち露わに、そんな彼に詰め寄った。

「他に考えようがないだろう！」

「メロスよ、よく手下の死体を見てくれ。怪我しているのは、頭頂部だ」

改めて亡骸を見てみる。確かに頭の天辺を損傷している。

「なんということだ。頭頂部なぞ、転んで打ちつけるような箇所ではあるまい」

「だから俺は、初めから、手下が殺されたと言っているじゃねえか」

メロスは考えを巡らせた。

「つまり、犯人は、ダボクデシスを逆さまに持ち上げて、岩の上に落とした、ということか。しかし、このような巨体を持ち上げることなぞ……」

「俺にはできねえな」

「私でも無理だ。どう見積もっても四十貫はある重さだ」

そう呟いてから、メロスは可能性を見出すために、あちこちと眺め回した。持ち上げることができないのであれば、考え得るのは、落下だ。

「脇に大木がある。ダボクデシスは木登りをしていて落ちたのかも知れぬ」

仮説を提案したが、すぐさまゾクノボスが反論する。

「こんな大木を道具も使わずに登ることなんてできねえだろ」

大木は両手を広げたくらいの太さがある。彼の言うとおり、ロープや梯子でもない限り、登るのは困難であろう。

「では、複数人で持ち上げたのだ。やはり犯人は、ゾクノボス、お前だ！　手下と協力してダボクデシスを死に至らしめたのだ！」

「いい加減にしてくれ。先刻も言ったが、犯人が事件解決の依頼はしねえだろ？」

進退窮まれり、もはや何も思い浮かばぬ。

「……殺害は不可能ではないか」

「だが、実際に、俺の手下は死んでいる」

ゾクノボスの言葉を最後に、辺りは静まり返った。

しばらく経って、声がした。

「うむ、確かに頭頂を砕かれているな」

振り返ると、亡骸の傍にイマジンティウスが佇んでいた。

「おお、イマジンティウス。ちょうど良かった。捜査が暗礁に乗り上げていたのだ」

「あらましは聞いていた。犯人はなんらかのトリックを使ったのだろう」

「それが分からぬからこそ困っているのだ」

「巨体を持ち上げるだけならば簡単だ。方法は幾つかある」

「頼もしい。さすがはインテリ」

そう感心していると、周囲から視線を感じた。山賊たちのほうへ向き直る。彼らは不思議そうに眼を瞬かせていた。

メロスは状況を察し、両手を広げ、高らかに笑い声をあげた。

「お前たちには見えぬだろうが、ここには、インテリジェントな助っ人がいる。私には、窮地に追い込まれた時に、イマジナリーな存在と会話する能力があるのだ」

　ゾクノボスが不安そうに、

「何を言ってやがる。怖えよ……」

　メロスは、さらに笑う。

「もう安心したまえ」

　けれども、彼らはますます不安そうに、

「安心できねえよ」

「安心できないでやんす」

「安心できません」

　メロスは語勢を強めて訴えた。

「安心！　したまえ！」

　すると彼らは、お、おう、と肯いた。素直である。

　微妙な雰囲気など物ともせず、メロスは、さっそくイマジンティウスに、ダボクデシスを持ち上げた方法について意見を求めることにした。

「イマジンティウスよ、この巨体を、どうすれば持ち上げられるのだ」

「そうだな。例えば、滑車だ――」

プラトンの弟子であるアリストテレスの名義が冠された偽書「機械学」にも記されているとおり、このころには、すでにクレーンやウインチの原型となるものが開発されていた。大きな物を小さな力で動かす理論が体系化されていたのである。その理論の代表的なものが、滑車の原理、であった。どうせ図がなければ理解できぬであろうから詳細な説明は割愛するが、二つの滑車を組み合わせると、重い物を二分の一の力で持ち上げられるのである。ただしロープの重さと摩擦はないものとする。

メロスは、物理学は分からぬが、滑車さえあればよいということは理解して、山賊たちのほうへ改めて向き直り、誇らしげに、笑みを浮かべた。

「ダボクデシスを持ち上げる方法ならばある。そうだな。例えば、滑車だ」

そう告げると、滑車の原理を知らぬのか、アヤシスとイブカシスが首を傾げた。

メロスは急いで言葉を継ぐ。

「滑車を二つ使うと、ぎゅーんっと、よい具合に重い物が持ち上がるのだ！」

二人は曖昧に肯いた。そうして、

「滑車なら、ちょうど二つあるでやんす」

と、イブカシスが言った。

メロスは彼のことを指差した。

「それはどこにあるのだ？」

「草原のキャンプ地に置いたままでやんすね」

「分かった。そこまで案内してくれたまえ」

イブカシスに連れられて、メロス一行は歩き始めた。

しばし行くと、木々が開けて、二十坪ほどの広場に出た。森の中はどこもかしこも落ち葉が堆積（たいせき）しているが、この一角だけは、背丈の低い草が生い茂っている。広場の中心には、簡易な天幕が設（しつら）えられていて、そこに山賊たちの荷物は置かれていた。

その荷物の中から、イブカシスは、二つの滑車とロープを取り出した。

「大木の上に見張り台を設置する時に使っているでやんす」

滑車はいずれも直径五寸ほどの木製品。ロープは、シナノキの樹皮を編んだものであろう、何丈もの長さがある。

メロスはそれらを受け取って、まじまじと、眺めた。

「これがあればダボクデシスを持ち上げられる……」

呟（つぶや）いてから、皆のほうを向いて胸を張る。

「犯人は、括（くく）り罠（わな）でも仕掛けて、ダボクデシスの両足を一瞬で結び、二つの滑車を利用して逆さ吊（づ）りにした。そうして、岩の上に頭から落としたのだ」

手下たちが手を叩（たた）いて感嘆の声をあげた。

そんな中、ゾクノボスだけは、難しい顔をしていた。

「おい、メロスよ。確かにその方法ならば手下を持ち上げることはできるが、誰にそんな細工をする時間があったと言うのだ？」

メロスは、事件が発生した時の銘々の位置を思い返した。

「ゾクノボスたちは、この草原で、一緒に寝ていた。その時、たった一人で行動していた者が怪しい。つまり、見張り番のアヤシス、お前が犯人だ！」

勢いよく指を差す。

ところが、怪しいアヤシスは落ち着いた口調で、

「滑車は草原に置いてありやす。あっしはダボクデシスを殺せないでやんすよ」

言われてみれば、と思いつつも、メロスは追及を緩めなかった。

「ならば、別の滑車を所有しているのだろう！」

「そんな物、持っていないでやんす」

「言い逃れするつもりか。この拳で念入りに身体検査してやろうか」

メロスは拳を握り締めた。

そこで、ゾクノボスが割って入ってくる。

「俺の手下は嘘を言ってねえよ。俺たちは長いこと共同生活している。個人の所有物なんて持っていねえ。少なくとも滑車は、ここにある、二つだけだ」

握った拳のやりどころを失って、メロスは、唸り声をあげた。

「ううむ、ならば、草原にいた者が犯人！」

　ゾクノボスは溜め息をついた。

「俺たちは一緒に寝ていたって言っただろ？」

「寝ていたのならば、ずっと一緒にいたのかどうか分からぬではないか」

「山賊なぞという商売をしていれば、恨みは買うし、捕まれば極刑だ。それゆえ、俺たちは警戒心が強い。寝ていても人の気配は感じられる」

「一緒にいたと断言するのか」

「その通りだ。俺は手下と一緒にいた。なあ？」

　ゾクノボスが問いかけると、隣に立つイブカシスは肯いた。

「あっしは用を足すために、ちょっとだけ、草原を離れはしましたけどね」

　その言葉を聞いて、メロスはゾクノボスを睨んだ。

「おい。お前の手下は、草原を離れたと言っているぞ！」

「ごく短時間だろ？　もちろん俺の隣から離れたことは気付いている。だが、それは考慮する必要がねえから、わざわざ言わなかっただけだ」

「いつ草原を離れた。事件の瞬間であるまいな」

「そういえば、事件の直前だったが、すぐに戻ってきた。悲鳴が聞こえたので様子を見に行きましょうと、俺に伝えるためにな」

ゾクノボスの言葉を受けて、イブカシスは当時を思い出すように宙を見つめた。

「お陰で、あっしは、用を足す暇もありませんでした……」

メロスは引き続きゾクノボスを睨む。

「事件の瞬間に草原を離れていたのならば、訝しいではないか！」

けれどもゾクノボスは、ますます呆れた顔をする。

「先刻も言ったが、ごく短時間だ。メロスよ、お前は、犯人は滑車を使ったと言ったよな？　滑車の原理を活用するには、まず定滑車を大木の枝に固定し、ロープの一端も枝に固定し、動滑車を仕掛け、さらに動滑車の軸から別のロープを伸ばして、そのロープを対象となる物体に結ばなければならねえんだぞ？」

「す、すまぬ。何を言っているのか分からぬ……」

「細工を施すには馬鹿に時間がかかると言っているのだ」

その真偽を確かめるために、メロスは、イマジンティウスに救いを求めた。

「そんなに時間がかかるのか？」

イマジンティウスは顎に手をあてて、

「うむ、ゾクノボスの言うとおりだ。滑車を仕込むには時間がかかる。さらに、取り外すのにも時間がかかる」

「それでは、滑車以外の方法は何がある」

「そうだな。例えば、梃子だ。ただ、この方法は……」

イマジンティウスが話をしている最中であったが、さっそくメロスは、山賊たちに向かって、仮説を発表することにした。

「滑車が無理ならば、梃子だ！」

けれども、すぐ反論が返ってくる。

「おい、メロスよ。梃子の原理を活用するってことは、巨大なシーソーで四十貫もある手下を跳ね飛ばすってことだよな？　そのためには長くて丈夫な板を用意する必要がある。だが、あいにく俺たちはそんな物を持っていねぇ」

メロスは、イマジンティウスに視線を送った。

言わんとしていることを察したであろう彼は、小さく肯いた。

「うむ、ゾクノボスの言うとおりだ。板がないのでは梃子の原理も使えぬ」

「それでは、他にどんな方法があるのだ」

「闇雲に仮説を立てるのは効率が悪い。まずは、どんなアイテムがあるのか、山賊たちの荷物を確かめるのがよいだろう」

メロスは納得して、山賊たちに断りを入れてから、荷物の物色を始めた。

背嚢に収められた荷物の大半は、日用品と食糧であった。トリックに使えそうな物は見当たらぬ。ただ一つ、珍しい物があった。本である。

古代ギリシアでは、詩や戯曲、学術書といった、あらゆる本が流通していた。もちろん印刷技術が開発される以前のため、それらは全て写本である。また、本といっても、冊子状のものではなく、巻子本(かんすぼん)と呼ばれる、いわゆる巻物であった。

山賊たちが所有していた本も巻子本であり、それ自体は際立って珍しい代物ではない。ただ、識字率の低い時代な上に紙は高級品である。山賊が持ち歩くようなものではなかった。メロスは少しく興味を抱き、その本を手に取った。

本の表紙には「山賊の手引き」と書かれていた。著者名は「ゾクノボス」となっている。つまり、これは手作りの山賊マニュアルである。素材は貴重な輸入品であるパピルスが用いられている。なんたる無駄遣い。行きどころのない仄(ほの)かな怒りを抱きつつ、メロスは、そっと本を開いた。内容は、まさにマニュアル。権力に従ってはいけません、仲間を殺してはいけません、といった掟(おきて)に続き、人の襲い方など日々の業務について書かれている。そうして最後に、四人の名前が記された表が載っていた。

「ゾクノボスよ、この表はなんだ?」

尋ねると、ゾクノボスは、やや誇らしげに鼻をこすった。

「それはシフト表だ。見張り番は、喧嘩(けんか)にならねえように交代制なのだ」

律義。この男、律義である。

「皆、文字を読めるのか?」

「ああ。詐欺などの知能犯罪も手掛けるために、俺が、手下たちに教えた」

ゾクノボスは、紙だけではなく、教養も無駄遣いしている。そのようなことを思ったが、メロスは何も言わず、改めてシフト表に視線を落とした。

アヤシスの次の見張り番は、ダボクデシスであった。この時間は、本来ならばダボクデシスが見張り台に立ち、他の者たちは草原のキャンプ地で休憩をしているはずであった。当然ながら、いまはそれどころではないが。

と、そこまで考えが至った時、いまさら気付いたことがあった。

「被害者のダボクデシスは、休憩をせずに、一人で何をしていたのだ？」

疑問を口にすると、ゾクノボスが気まずそうに顔をしかめた。

「ああ、それは、あれだ……」

彼は言い淀んだ。

その言葉の続きを、イブカシスが引き取る。

「ダボクデシスはメロスさんのことを待っていたでやんす」

「私のことをだと？」

「へい。警吏から逞しいメロスさんの噂を聞いて、ダボクデシスは、ひと勝負、手合わせ願いたいと、一人で待ち伏せしていたでやんす」

「なるほど。あれほどの巨体だ。よい勝負になったかも知れぬな」

メロスは鼻で笑った。

「あっしは止めましたけどね」

「それでもダボクデシスは言うことを聞かなかったので、お前たちは呆れ、彼を放って草原で休んでいたというわけか」

「へい。その通りで……」

被害者が一人になったのをよいことに、犯人はトリックを用いて、殺害計画を実行した。どのようなトリックが使われたのかは見当もつかぬが、草原にいた者たちは互いに監視している状態であったゆえに、複雑な細工を施す時間はなかった。そのような状況を考えると、最も怪しいのは、見張り台に一人でいたアヤシスである。けれども、犯人と断定するには決定打に欠ける。

意見を聞くため、メロスは、未だ荷物を調査中のイマジンティウスに声をかける。

「トリックに使えそうな物はあったか、イマジンティウス」

イマジンティウスは手を止めて、首を振った。

「ここに、ある物は、役立ちそうにないな、メロス」

メロスは深く肯いた。それから、アヤシスのほうを向いた。

「アヤシスよ、見張り台を調べさせてくれたまえ」

「へ、へい……」

アヤシスを先頭にして、メロスたちは再び大木が立ち並ぶ場所へと向かった。落ち葉を踏みしめながら進むと、やがて、縄梯子の掛けられた大木に行き着いた。殺害現場のすぐ近くである。

メロスは大木を見上げた。ところが、葉が茂っていて、大木の上部はよく見えない。

「見張り台らしきものは見えぬな」

「警吏たちに見つからないよう、下から見えにくい場所を選んでいやすからね。上からでは意外と見晴らしがよいでやんすよ。登ってみやすか?」

「うむ。さっそく確認しようではないか」

アヤシスは猿のように縄梯子を登り始めた。なお、シケリア島に猿はいない。

縄梯子は、木材が使われていないロープのみの簡素な造りで、複数人で同時に登れるものではなかった。メロスは彼が登り切るのを待った。しばらくして、

「おうい、メロスさん、登ってきてよいでやんすよお」

メロスは、慎重に縄梯子を登った。

見張り台は一坪もなかった。太い枝と枝の間に板を噛ませただけの、まさしく即席の台である。島内を転々としている山賊たちは、キャンプ地を定めると、こうして近くの大木に見張り台を設けているとのことであった。

アヤシスが言っていたとおり、意外と見晴らしがよい。下からでは台は見えなかったが、上からでは、待機しているイマジンティウスやゾクノボスたちの姿を確認できた。光の加減であろうか、木々が密集する場所の地面さえも見える。

「あそこに警吏がいるでやんす」

アヤシスが指差す方向を見ると、確かに、馬を引く甲冑をまとった男がいた。暑いのにご苦労なことである。

これだけ見晴らしがよいにもかかわらず、ダボクデシスが殺された場所は、葉が幾重にも重なっていて、見えなかった。

「アヤシスよ、あそこが死角になっていることは、皆、知っているのか？」

「へい。ゾクノボスの親分以外は、知っているでやしょうね」

「そうか、ゾクノボスは、見張り番をしていないのか……」

となれば、やはり、手下が怪しい。特にアヤシスが、こいつが怪しい。

そのようなことを考えていると、アヤシスが、思いつめた顔で呟いた。

「メロスさん、犯人を見つける必要はあるのでやんすかね」

「何を言っている。仲間を殺した者は許せぬだろう？」

アヤシスは眼下にいるゾクノボスのことを見つめ、それから、声を潜めて、

「親分がいる場所では言えないでやんすが、ダボクデシスは、殺されても仕方のない

奴でやんした。あっしらは悪党でやんすが、悪党には悪党の矜持（きょうじ）がありやす。ところが、ダボクデシスは、平然と掟を破る信頼できない奴でやんした」

「それで、仲間に、殺されたとでも言いたいのか？」

「いや、犯人は分からないでやんすよ。ただ、ダボクデシスのために疑い合うのは嫌でやんす。親分は優しいから、あんな奴のことも家族として扱っていやしたが、あっしは、もう事件を調べる必要なんてないと思いやすね……」

メロスは、俯（うつむ）くアヤシスを、じっと見つめた。

「許せぬ者に鉄槌（てっつい）を喰（く）らわせたい気持ちは理解できる。しかし、殺すならば堂々と殺せ。罪を背負う覚悟がないのであれば、殺すな」

アヤシスは頬を緩めた。

「メロスさん、さすがは処刑される予定の大悪党でやんすね」

殴ってやろうかと思ったが、見張り台の上で殴ると、落下して死んでしまう恐れがあったため、ぐっと堪（こら）えた。

「いずれにしても依頼を引き受けてしまった以上、私は捜査をしなければならぬ。そうして、速やかに犯人を成敗し、シラクスへと向かうのだ」

そう言って、メロスは見張り台の捜索を始めた。といっても、男二人で満員になる狭い板の上である。念入りに調べるまでもなく、気になるものは、たった一つであった。見張り台の上には、長いロープが置かれていたのである。

「アヤシスよ、このロープはなんだ？　見張り台を設置する時のロープは草原に置いてあったはずだが？」

「へい、これは補充用のロープでやんす。ここまで来たなら分かると思いやすが、縄梯子を登り降りするのは大変でやんす。そこで、食料や水など入り用の物は、下の仲間に手伝ってもらって、このロープで引き上げるでやんす」

「下の仲間と、どうやって連絡を取るのだ」

「緊急時は指笛でやんすが、このロープを使うのは、だいたい当番の入れ替えの時でやんすね。見張り台に登る前に、前の当番に手伝いを頼むでやんす」

「見張り台に登る前に手伝いを依頼するということは、当番の入れ替えは、見張り台の上ではなく、下で行なっているのだな？」

「へい、そうでやんすね」

仮にアヤシスが犯人なのだとしたら、使えそうなアイテムは、このロープくらいである。さりとて、その活用方法が思い浮かばぬ。滑車がなければ、重たいダボクデシスを吊り上げることは不可能。また、被害者が悲鳴をあげたのは絶命する直前と思われるので、犯行自体は一瞬でなければならぬ。

考えを巡らせてはみたが、結局、一切の手掛かりを摑めぬまま、メロスたちは縄梯子を降りることとなった。

もはや調べられる場所はない。聞き込みで得られる情報もないであろう。残された手段は、最も怪しいアヤシスと拳で語らうくらいである。けれども、そこまでする義理もなかった。誰が犯人であっても、所詮は賊徒の内輪揉め。佳き友を救うための時間を費やしてまで取り組むことでもあるまい。しかし――。

下に着くと、イマジンティウスが待ち受けていたかのように近寄ってきた。

「メロスよ、何か分かったか？」

「ああ、下からでは想像もできぬほど、見晴らしだけは、素晴らしかった――」

皮肉をこぼしてから、メロスは、長いロープのことなど、見晴らし台の上で見聞きしたことを詳細に伝えた。すると彼は、顎に手をあてて、周囲をうろうろとし、地面に伏すダボクデシスのもとへと向かった。

イマジンティウスは、亡骸を見下ろすと、続けて、脇に立つ大木を見上げた。

「この辺りには、似たような大木が多いのだな……」

メロスもつられて、周囲の木々を見回す。確かに似た大木が多い。それからメロスは、頭上を見た。そこに見張り台があると分かっていても見えぬ。

そのようなことを思った時、微かな違和感を覚えた。

「……見えぬのに、なぜ、見張り台があると分かったのだ？」

メロスは小声で自問した。と同時に、ここに至るまでの小さな情報の数々が、頭の中で組み合わさっていく。

メロスには政治が分からぬ。哲学も分からぬ。数学も科学も分からぬ。けれども邪悪に対しては、人一倍に敏感であった。それゆえ、

メロスは推理した――。

急に黙り込んだメロスを不審に思ったのか、ゾクノボスが声をあげる。

「おい、メロスよ。もう事件を調べてくれねえのか？」

メロスは不敵な笑みを浮かべて応じる。

「何を言っている。私は事件解決に尽力すると約束したではないか」

次いで、アヤシスのことを見つめ、言葉を継ぐ。

「一度でも約束を違えた者は、それ以降も過ちを繰り返しがちだ。信頼を勝ち取るには、小さな決まり事であっても守るべき。そう思うだろう？　アヤシスよ」

自戒を込めた問いかけである。

アヤシスは、ちらとゾクノボスの顔色を窺い、

「へい、掟を守らない奴は、信用できないでやんすね……」

メロスは、ゾクノボスのほうへ向き直り、胸を張った。

「事件解決の依頼を成し遂げようではないか」

「犯人が分かったのか？」

「結論から言おう。被害者のダボクデシスは、大木から落ちたのだ」

「事故だと言うつもりか？　それは、とっくn……」

「いや、これは計画的な殺人だ！」

言い切ってから、メロスは周囲の木々に視線を這わした。

「ゾクノボスよ、お前に問おう。見張り台は、どの大木にある」

問われたゾクノボスは、露骨に困惑の色を浮かべた。

「お前の近くにある、その大木だ」

「なぜ、そうだと思う」

「見れば分かるだろ、縄梯子が掛かっているじゃねえか」

メロスは肯いて、そっと縄梯子を揺らした。

「その通り。この縄梯子の上に、見張り台がある」

発言の意図が摑めぬからであろう、ゾクノボスの抱いた困惑は他の山賊たちにも伝播して、沈黙の時が流れる。その静けさの中、メロスは悠々、語りだした。

「犯人は、まずこの縄梯子を外した。そうして、縄梯子の端に長いロープを括りつけた。ロープのもう一方の端には石を括りつけ、あの大木の上部に向かって投げた」

メロスは、亡骸の脇にある大木を指差し、それから、その大木に近寄った。

「枝の上を通過したロープを引くと、縄梯子は引き上げられる。ロープの端を適当な木にでも結べば、こちらの大木に縄梯子が掛かる」

ゾクノボスが肯く。

「一般的な縄梯子の掛け方だな。見張り台を設置する時に同じ方法を使った」

メロスも肯いて、話の続きを語る。

「森には幾本もの大木がある。いずれも似たような大木で、ひと目では見分けがつかぬ。ましてや葉が茂っていて上部が見えぬのだ。縄梯子が掛かっていれば見張り台のある大木と間違えてしまうだろう。見張り番は交代制で、次の番は被害者のダボクデシスだった。犯人は、一人でいるダボクデシスに、交代の時間だと声をかけて、縄梯子の掛かった、こちらの大木を示した。ダボクデシスは、何も疑わずに見張り台のない大木を登った。そのタイミングで、犯人は木に結んであるロープを解いた。それによって縄梯子が外れ、同時にダボクデシスは落下し、彼は、大木の根元にある岩に頭を打ちつけて絶命したのだ」

呼吸を整えて、メロスは一人の山賊を指差した。

「この犯行が可能だったのは、お前だけだ、アヤシス！」

名指しされたアヤシスは、あからさまに狼狽えて、

「あ、あっしは、やっていないでやんすよ……」

メロスは静かに首を横に振った。

「お前は、掟を守らぬダボクデシスのことを疎んでいた。それで殺したのだろう？」

そう言っても、アヤシスは罪を認めようとしない。

「仲間殺しも掟破り。あっしは、そんなことしないでやんす！」

そうして彼は棍棒（こんぼう）の柄（つか）を握った。

けれども、メロスのほうが圧倒的に速かった。アヤシスが背中の棍棒を引き抜くよりも先に、メロスの拳は彼の頬を捉（とら）えていた。殴られたアヤシスは、身体ごとぐるんと回転して、ダボクデシスの傍らに、両手をついて倒れた。取ってつけたような反論など、フィジカルの前では取るに足らぬ戯言（ざれごと）。メロスは、追撃をしようと、さらに拳を振り上げた。その時、

「待て！」

それはゾクノボスの声。ゾクノボスはメロスの腕を摑んだ。

「待たぬ！」

メロスは腕に力を込めた。

「待てと言うのだ！　俺は手下の言い分を信じる！」

「何を言う！　あらゆる状況が、アヤシスが犯人であることを示しているのだ。部下を信じたい気持ちも分かるが、感情論では真実は暴けぬぞ！」

「俺は感情論で手下を庇っているわけじゃねえ。アヤシスでは犯行は無理なのだ」

聞いて、メロスは冷静になった。

「無理とはどういうことだ？」

ゾクノボスがメロスの腕を放して、説明を始める。

「悲鳴を聞きつけ、俺たちがここに来た時、アヤシスは見張り台にいた」

たのだ。犯行時、間違いなく、アヤシスは縄梯子を降りている最中だっ
彼の背後に控えるイブカシスも、同意を示すように、深く肯いた。

アヤシスが見張り台にいたのが事実だとすれば、

「なるほど。縄梯子がもう一つあるのだな？　こちらの大木にも縄梯子を掛けて、それを固定するロープの端を見張り台まで伸ばせば、見張り台の上からでも、こちらの縄梯子を外せる。現場は死角になっているが、タイミングさえ計れば、ダボクデシスを落とすことも不可能ではあるまい」

「いいや、俺たちは縄梯子を一つしか持っていねえな」

その言葉を受け、事態を見守っていたイマジンティウスも述べる。

「メロスよ、私も君と同じことを考えたが、ゾクノボスが言うとおり、縄梯子は他に見当たらぬ。なにより未だ見張り台の下に縄梯子は掛かったままなのだ。二本の大木に縄梯子が掛かっていれば、誰もが、不審に思って登らぬだろう……」

また、私はやらかしてしまったのか。そう思ってメロスは、アヤシスのことを、見下ろした。彼は地面に両手をつき、めそめそ泣いていた。

その様子を見て、あることに気付いた。これは、盲点だった。

メロスは重ねて推理した――。

まずメロスは、アヤシスを引き起こして、頭を下げた。

「アヤシスよ、すまぬ。信頼を重んじるお前のことを私は疑ってしまった」

続けて、ゾクノボスのほうへ向き直り、

「私は過ちを犯した。お前の手下にしたように、どうか、殴ってくれ！」

ゾクノボスは棍棒に手をかけた。けれども、すぐ手を離した。

「いいや、事件解決の依頼をしたのは俺だ。責は俺が負う。アヤシスには俺から褒美でも与えておこう。それよりも、いまはまだ、推理の時間だ。メロスよ、お前は何かに気付いたのだろう？　そういう顔をしている」

漢気(おとこぎ)。この男、漢気がある。メロスは鼻から短く息を吐き出した。

「お前は、察しがよいな。その通りだ。私は、ようやく真実に辿(たど)り着いた」

周囲の視線を一身に浴びて、両手を広げ、胸を張る。

「犯人が、どうやってダボクデシスを殺したのか、披露してみせよう！」

そう言ってからメロスは、先刻までアヤシスが倒れていた場所を手で示した。

「アヤシスが手をついていた場所を、よく見てみたまえ。分かるだろうか？ 大きく凹んでいる。この森の土は、落ち葉が堆積して出来上がった腐葉土で、非常に柔らかいのだ。それゆえ、こういうこともできる……」

メロスはしゃがみ込み、地面に手を差し入れて、土の中から血液の付着した岩塊を取り出した。直径一尺、重量およそ五貫目、その岩を持ち上げて、立ち上がり、頭の高さで、ぶんぶんと振り回す。

イマジンティウスを含め、その場にいる者たちは声を揃えた。

「おいおいおい、危ない危ない危ない……」

メロスは気にも留めず、さらに岩を振り回し、最後、元の場所に、その岩を強く投げつけた。加えて、糞をした後の犬の如く足で岩に土をかける。

「このように！ 人は！ 岩を！ 持てる！」

足下の岩は、先刻と同じように、少しく顔を覗かせた状態で土に埋まっていた。

メロスはその岩を指差し、改めて説明を始めた。

「犯人は、岩でダボクデシスを殴り殺したのだ。そうして、いま披露したように、岩を地面に埋めることで偽装を施した。おそらくは、転んで死んだことにでもしたかったのだろう。ところが、よりにもよって、犯人は頭頂部を殴ってしまっていたがゆえに、勘の鋭いゾクノボスによって、殺人だと見抜かれてしまった」

ゾクノボスが呆然と呟く。

「そんな単純な方法だったのかよ……」

メロスは誇らしげに、大きく、ゆっくり肯いた。

「いずれにしても、この方法ならば、細工の準備は必要ない上に、一瞬で犯行が可能だ。それこそ、草原にいた者でもダボクデシスを殺せた」

ゾクノボスは、一瞬だけ口を開いたが、何も言わずに黙り込んだ。

代わりに、イブカシスが、暗い声音で言う。

「メロスさん、誰が犯人なのでやんすか？」

メロスは、視線を逸らして、好きな小歌をよい声で歌いだした。

ゾクノボスがすかさず、

「おい、どうして急に歌いだしたのだ……」

その問いを聞き流し、メロスはアヤシスのことを見つめた。

「アヤシスよ、いまの歌に聞き覚えはあるか？」

「へ、へい、メロスさんがここに来る時に熱唱していた歌でやんす」

次いでメロスは、ゾクノボスとイブカシスのことを見る。

「お前たちは、聞き覚えはあるか？」

「言っただろ。寝ていたから聞いてねえよ」

「あっしも記憶にないでやんすね」

メロスはひとしきり肯き、それから、語りだす。

「草原にいた者たち、ゾクノボスとイブカシスは、寝ていたので私の歌を聞いていない。しかし、もう一人の人物は聞いていたことだろう。その人物は眠らずに、用を足しに行く振りをして、事件の瞬間には草原を離れていたのだからな」

見張り番のシフト表には四人の名前が記されていた。そのうちの一人、ダボクデシスは殺された。アヤシスは見張り台にいた。イブカシスは草原で寝ていた。残りの一人、その一人こそが犯人。

メロスは、その人物の前に立ち、勢いづけて指を差した。

「ダボクデシスを殺したのは、お前だ、ヒトゴロス！」

名は体を表す。ひと目で犯人と分かるその名前は、読者諸氏に対して、意図的に伏せられていたのであった。すなわち、これは、

叙述トリックである――。

名指しされても眼の前に立つ山賊の手下、ヒトゴロスは、表情を変えなかった。それどころか、清々とした風でさえある。

「ヒトゴロスよ、反論しないのか？」

「へい、あっしがダボクデシスを殺したのです。認めます」

「素直だな。慌てもしないのか」

「仲間殺しは掟破り。ばれてしまったからには、どんな咎めも受ける覚悟です」

辺りは静まり返った。

しばらく経って、ゾクノボスが訥々と呟く。

「なぜ、ダボクデシスを、殺したのだ……」

ヒトゴロスは視線を落として、口元だけで微笑んだ。

「奴は裏切り者だったのです。警吏が、あっしたちのもとに来た時、メロスさんの邪魔をしろと、金を差し出してきたではないですか。親分は、権力には従わねえと言って、きっぱりと断った。それにもかかわらず、ダボクデシスは裏で警吏から金を受け取り、仕事を請け負ったのです。掟を破る奴は許しておけなかった……」

「そうだったのか。だが、仲間殺しも掟に反するじゃねえか」

「へい、分かっています。だからこそ事故に見せかけるつもりでした。ところが、あっしは親分のように頭がよくないので、失敗してしまいました。煮るなり焼くなり好きなように罰して下さい」

ゾクノボスは、返す言葉が思い浮かばぬのか、唸り声をあげた。

すると、アヤシスが会話に割って入った。

「親分、掟を破ったダボクデシスは、すでに仲間ではありやせんでした。だから、ヒトゴロスは、仲間殺しの禁を破っていないでやんす！」

イブカシスも続く。

「そうでやんす。親分、ヒトゴロスは悪くないでやんす！」

ゾクノボスは得心したように、あるいは覚悟を決めたように、肯いた。

「そうだな、ヒトゴロスは、悪くねえ。それどころか、掟を頑なに守ろうとしたその姿は、立派な山賊じゃねえか」

三人の手下たちは、眼を潤ませた。

「親分……」

茶番と言ってしまえばそれまで。けれども、彼らのやり取りは胸を打った。悪党とはいえ、彼らには彼らなりの、信頼関係が育まれていたのである。ふとメロスは、セリヌンティウスとの友情を思い出して、目頭を熱くした。イマジンティウスが、慰めるように、メロスの肩を抱く。

本来ならば、山賊は成敗すべき畜生である。ただ、今日だけは見逃してやろうと思った。おいおいと泣きながら抱き合う山賊たちを見つめて、メロスは幾度も肯き、それから思いついた提案を持ちかける。

「ダボクデシスが警吏から受け取った金はどうしたのだ？　私はこれからシラクスへ向かう。物のついでだ、その金を警吏たちに叩き返してきてやろう」

その言葉に応じたのはヒトゴロスであった。

「あっしは山賊です。金はダボクデシスから奪って懐に入れました」

周囲から歓声があがる。

「お前は本当に立派な山賊だ！」

「さすがでやんす！」

「やんす！」

感動して損をした。そうは思いつつも、すでに見逃してやると心に決めた手前、メロスは、そうか、と一言だけこぼし、それ以外のことは何も言わず、さっさとその場を去ろうとした。友が、待っているのだ。ところが、

「待て！」

ゾクノボスが呼び留めた。メロスは、振り返った。

「何用だ。引き受けた依頼は終えたではないか」

「事件を解決してもらって、助かった」

「礼には及ばぬ、我が正義に従ったまで。では、私はシラクスへ向かう。さらばだ」

改めてシラクスの方角を向く。ところが、

「待て！」

ゾクノボスが腕を掴(つか)んできた。

「何をするのだ。私は陽の沈まぬうちに王城へ行かなければならぬ。放せ」

「どっこい放さねえ。事件が解決したからには、俺たちは本業に戻る。ここで逢ったが百年目、持ちもの全部を置いていけ」

「残念ながら、私には命の他には何もない。その、たった一つの命も、これからディオニス王にくれてやるのだ」

ゾクノボスは、少しく考える素振りを見せてから、微笑んだ。

「山賊として、何も奪わねえわけにはいかねえ。矜持というものがあるのだ。気のよい奴らと思われては困る。命しかねえならば、その命をもらい受ける！」

「警吏からの依頼に従うのと結果が変わらぬではないか！」

指摘しても、山賊たちはものも言わず、嬉しそうに棍棒を構えた。

イマジンティウスが溜め息をつく。

「メロスよ、後は任せた」

そう言って彼は、木々の間に消えていった。

山賊たちに囲まれて、メロスは、独りごちる。

「やれやれ……任せておけ。こういうのは、推理よりも得意だ」

一斉に棍棒が振り下ろされる。

メロスは、ひょいと身体を折り曲げて、飛鳥の如く身近かのヒトゴロスに襲いかかり、その棍棒を奪い取った。

「気の毒だが、正義のためだ！」

猛然一撃。たちまち三人の手下を殴り倒す。

そうしてメロスは、残るゾクノボスが怯(ひる)む隙に、さっさと走って森を抜けた。

第四話　メロスは入水した

一刻といえども無駄にはできぬ。

殺人事件に巻き込まれて思いもよらぬ遅滞を被ったメロスは、ぜいぜい荒い呼吸をしながら、急ぎ、峠を登っていた。

登り切って、さらに一気に駈け降りて、ようやく峠を越えたと、ほっとしたのも束の間、またもや逼迫（ひっぱく）した事態が、行く手を阻むように立ちはだかった。

見よ、前方の川を。

昨日の豪雨で山の水源地が氾濫（はんらん）し、濁流、滔々（とうとう）と下流に集まり、猛勢一挙に橋を破壊して、どうどうと響きをあげる激流が、木端微塵（こっぱみじん）に橋桁（はしげた）を跳ね飛ばしていた。

メロスは、呆然（ぼうぜん）と立ちすくんだ。

あちこちと眺め回し、また、声を限りに呼びたててみたが、繋舟（けいしゅう）は残らず浪（なみ）に浚（さら）われて影はなく、渡守りの姿も見えぬ。流れはいよいよ、膨れあがり、海のようになっている。メロスは、川岸にうずくまり、男泣きに泣きながら、天空神ゼウスに手をあげて哀願した。

「ああ、鎮めたまえ、荒れ狂う流れを！　時は刻々に過ぎていきます。太陽もすでに真昼時です。あれが沈んでしまわぬうちに王城に行き着くことができなかったら、あの佳い友達が、私のために死んでしまうのです！」

濁流は、メロスの叫びをせせら笑う如く、ますます激しく躍り狂う。浪は浪を呑み、捲き、煽り立て、そうして時は刻一刻と消えていく。

いまはメロスも覚悟した。泳ぎ切るより他にあるまい。

幾度か屈伸して、浪を睨みながら前傾し、飛び込む姿勢を整える。すると、

「メロスよ、この川は渡れそうにないな」

一つ声がした。振り返ると、佳き友の姿をした奴が腕組みして立っていた。

「いたのか、イマジンティウス」

「私は君と共にいるからな、メロス」

「渡れるかどうか考えるまでもない。渡らなければならぬのだ」

言って、再び、飛び込む姿勢をすると、彼は呆れた調子で、

「私は橋を探しに上流へ行ってみようと思う」

平時であれば賢明な判断であろう。けれども、あるかどうかも分からぬ橋を探すほどの時間は、いまは、無し。急いでシラクスへ行かなければならぬのである。

メロスは、前方を睨んだまま、ものも言わず肯いた。

　イマジンティウスの気配は消えた。妄想から生まれた奴ならば、溺れ死ぬこともあるまいが、妄想から生まれた奴だからこそ、彼はセリヌンティウスと同じような振る舞いをする。結局のところ、自身のイメージの投影であり、セリヌンティウスが言いそうなことしか、イマジンティウスは言わぬ。佳き友ならば、荒れ狂う浪に飛び込むようなことは決してしまい。共に泳ぎはしないのだ。それゆえに、再度イマジンティウスと相まみえるのは、川を渡り切った後だろう。独り、川の流れと、戦わなければならぬ。ああ、神々も照覧あれ。濁流にも負けぬ愛と誠の偉大な力を、いまこそ発揮してみせる。

　流れは、百匹の大蛇のように、のた打ち、荒れ狂っている。そうだ、大蛇だ。なす術のない自然の猛威と思うからこそ恐ろしいのであって、獣と思い込んでしまえば大したことはあるまい。屈強なレスラーとて刃物で刺せば死ぬのである。同様に、大蛇たちの隙を見つけ、鋭く貫けば、倒せるであろう。動きを読め。渦巻き、膨らみ、凹む濁流の習性を見抜け。メロスはひたむきに前方を睨む。やがて光明が見えた。向こう岸へと繋がる一本の道筋が描けたのである。一丈先の水面に浪が跳ねた時こそ飛び込む好機。間もなくだ。いよいよだ。さあ、いまだ。

　ところが、いざ飛び込もうとした時、一つの声がメロスを留めた。

「生まれて、すみません……」

メロスに投げられた言葉ではないものの、その重たく陰鬱な声音に、瞬く間に気勢は削がれ、集中力は途切れ、先刻まで流れの中に見えていたはずの道筋が、浪に呑まれて消え去ってしまった。もはや、これでは飛び込めぬ。

いったい何者が、と思って、メロスは声の出どころに眼を向ける。

そこには、青白い顔した男がいた。暑いというのに両腕が隠れるほど大きな亜麻布を羽織っていて、猫背で、貧相な体格である。その男は濁流に半身を浸して、いまにも浪に打ち砕かれてしまいそうであった。メロスほどの逞しい男でも、この川に入るは命懸け。貧弱な男では一瞬にして海の藻屑、いやいや、川の藻屑と成り果ててしまうであろう。それにもかかわらず、男はさらに川の流心へと歩を進めた。

「何をしているのだ！」

毎度のことながら考えるよりも先に手が出た、足が出た。メロスは咄嗟に川に入って、男の身体を抱え、岸に投げ飛ばしたのであった。

命からがらメロスも岸に舞い戻り、砂利の上に転がる男に向かって、

「こんな川に入ったら死ぬぞ！　死にたいのか！」

自身のことは棚上げして、やたらめったら怒鳴り散らした。

けれども男は気のない様子で、上体を起こすと、誰に言うでもなく呟いた。

「また、私は、生き延びてしまったのか……」

その言葉を聞いて、メロスは察した。

「自ら死ぬつもりだったのだな！　死ぬまで、死ぬな！」

多くの文化圏がそうであるように、古代ギリシアにおいても、死後の世界は存在すると信じられていた。また、死は、現世の苦しみからの解放とも考えられていた。さりとて、自ら進んで死ぬ者は稀であった。死後の世界に旅立つには遺された者たちによる儀式が必要であるがゆえに、存命中は家族や知人たちから愛されていなければならず、結果的に規範に従って生きることが要求されていたのである。自害は、大半の者からすれば、当時においても世を見捨てる道理に反する行為であった。

ご多分に洩れず、メロスにとっても、自害は邪悪に類する行ないであった。

「自害なぞ、世間が許さぬぞ！」

念を押すように訴えた。

けれども、痩せた男は澄ました顔をして、

「世間というのは、貴方ではないですか。貴方が許さないのでしょう？」

なんたる面倒臭さ。とはいえ、言っていることは一理あると考えて、メロスは小さく頭を下げ、続けて、丁寧に言い直した。

「それでは正しく宣言しよう。自害なぞ、この拳が許しません」

見せつけるように拳を握り締める。それでも男に悪びれる様子はない。

「ええ、私はね、罰せられるべき人種なのです」

「私は本気だ。死のうとするならば、生かしておかぬぞ」

「ははは、冷や汗、冷や汗……」

どうにも調子が狂う。いままでは、正義の拳を掲げさえすれば、誰もが素直に肯いたものである。ところが眼の前の男は、死を覚悟した諦念（ていねん）によってか、メロスの言葉を一笑に付した。ただし、その眼は笑っていない。明らかに、無理にお道化（どけ）ているだけである。病人と見紛うほど、青鯖（さば）が空に浮かんだような顔からは生気の欠片（かけら）も感じられず、どことなく幽霊を思わせる。

時間がない。この男は放っておくか。いや、それは駄目だ。佳き友の命を救うために、ここで別の命を見殺しにするわけにはいかぬ。

すでに死んでいたならば諦（あきら）めもつこうものを、中途半端に生きているがゆえ、メロスは男を放っておくわけにはいかなくなった。

「見知らぬ者よ。正義のために、生きてもらおうぞ」

「……オサムス」

「なに？」

「ああ、私の名です。私はオサムスと申します。この名を聞いたことはございましょうか、アテナイで小説家をしておる者です」

古代ギリシアでは、あらゆる本が流通していた、という話は先に述べたとおりである。では、その幾つもの本の中で、最も世間に広まったものは何であろう。「ソクラテスの弁明」か、「国家」か、「形而上学（けいじじょうがく）」か、「砂の計算」か。答えは、「イソップ物語」である。わざわざ説明するまでもあるまいが、紀元前六世紀にアイソーポスという男が記したとされる寓話（ぐうわ）集である。また、当時のギリシアでは、代表的な娯楽は観劇であった。つまり、幾千年の昔から、人々は創作物を愛でていたのである。ちなみに、ギリシア文化圏内で最大の劇場はシラクスにあり、いま現在も、その遺跡は残されている。それら舞台で演じられた喜劇において、哲学者などの知識層は変人として扱われ、嘲笑（ちょうしょう）の対象であった。大衆が、小難しい学術よりも、エンターテインメントを好むのは、いまも昔も変わらぬ事象である。

そのような時世であったがゆえに、歴史に名は残っていなくとも、当然ながら多くの売文屋がいた。オサムスも、その一人なのであった。

「小説家のオサムスか、覚えておこう。私は、正義を愛する牧人、メロスだ。先刻も言ったとおり、正義のために、お前には生き続けてもらう。そこでどうだろう、なぜ死のうとしているのか、私に教えてはくれぬか？」

殺人事件も自殺未遂も、解決するためには、まず情報収集が肝要。そこで、カウンセリングよろしく、聞き込みを行なうことにした。

問いかけられたオサムスは、膝を抱えて、訥々と語り始めた。

「私には人間の資格がないのです。生まれもっての日陰者で、他人から指を差されて生きています。そんな私ですから、友人を裏切ってしまったのでしょう……」

回りくどい言い方ではあるが、友人を裏切ったということは理解できた。メロスにとって、それは、聞き捨てならぬものであった。

「友人を裏切ったとは、どういうことだ。詳しく教えてくれたまえ」

「私は、恥の多い日々を送ってきました――」

オサムスは、友人の小説家、カズオウスと共に、はるばるアテナイからシケリア島まで旅行に来たのであった。各地を放浪し、加えて放蕩し、持ち金の残りなど気にもせず、二人は呑み歩いた。そうして三日前のこと、半里ほど上流にある温泉街で、ついに金が底を突いた。それだけならばまだ良かったのだが、問題は、手持ちが無いと発覚したのが、その温泉街の宿屋にて、散々豪遊した後だったということである。連日連夜、遊女をはべらせ、好きな物を食い、ワキンを呑み、いよいよ支払いの時になって金が無いと気が付いた。結果、借金を背負うこととなったオサムスは、友人のカズオウスを人質として宿の主に差し出して、三日のうちに金を工面するからと、温泉街を辞していまに至るそうである。

メロスほどの男でも、呆れることはある。通常、恥ずかしいことをした、という趣旨の前振りは、自虐的な謙遜であるものだが、オサムスたちがしたことは、本当に恥ずかしいことであった。

「なぜ、そのような破滅的な遊び方をしているのだ……」

「貴方もデカダンと評されるか。これはね、ロマンであり、革命なのです」

「何を言っているのか分からぬが、とにかく、友人のカズオウスは、お前のことを温泉街の宿で待っているのだろう？　急いで迎えに行かねばならぬではないか」

「もう期日の三日目です。しかしね、金を手にする当てがないのです」

この時代、破産した者は奴隷商に売り飛ばされるが常である。オサムスが宿屋へ戻らねば、カズオウスという男がどういう運命を辿るかは想像に難くない。

「諦めるには早い。いますぐ温泉街へ戻って、借金返済の期日を延ばしてくれるよう頭を下げるのだ。少なくとも、お前が死んでよい理由はない」

自身の置かれた状況とオサムスの状況が似通っているがために、メロスは他人事とは思えず、心の底から親身に言葉を投げかけた。

オサムスは、そんなメロスの言葉を聞くと、真剣な面持ちをして、

「待つ身がつらいかね、待たせる身がつらいかね」

「待つ身だろ！」

メロスは自戒を込めて指摘した。

これ以上、話していても埒が明かぬ。強引にでも、この男を、宿屋まで送り届けねば解決は見込めぬだろう。さりとて、時間を無駄にはしたくない。温泉街まで半里の路、往復で一里、行けぬ距離ではあるまいが、これから荒れ狂った川を泳ぐことを考えれば、わずかな時間でさえ惜しいのだ。

そう思った時、一つ名案が浮かんだ。思い立ったがなんとやら、メロスは、すぐさま周囲を見回して、峠の入口近くに、隠れるように佇む人影を見つけた。馬を引く甲冑をまとった男、警吏である。

「おうい！　警吏よ！　頼みがある！」

求めに応じ、壮年の警吏が馬に跨って寄ってくる。

「監視者である私を呼びつけるとは、メロスよ、観念したか」

「いや、いまから川を渡る。馬を連れては、これ以上の尾行も監視もできまい」

警吏は渋い顔をしながらも、確かに、と言わんばかりに深く肯いた。

そこでメロスは事情を説明し、オサムスを宿屋まで連れていってくれるよう押して頼んだ。市民を守るのが、本来の、警吏の務めだろう。そう訴えた。

「分かった。どのみち橋のある遥か上流へ行くつもりであった。途すがら、その男を宿屋まで送り届けよう」

警吏は、罪人を扱うが如く、未だ砂利の上に座るオサムスを、腕を摑まえ、無理やりに引きずっていった。

これにて解決。メロスは改めて川のほうを向き、前傾して、濁流を睨み付けた。その時、またもや襲いかかる災難、荒れ狂う浪間に男の姿が見えたのであった。意識がないのか、流されるまま、水面を漂っている。被髪纓冠、メロスはただちに川に飛び込んで、男の衣服をむんずと摑み、元の岸まで泳いで戻った。

ぜいぜい荒い呼吸をしながら、いま引き上げたばかりの男を見下ろす。

男は逞しい肉体の持ち主であった。日頃は活発にフィジカルを発揮していた人物と思われる。けれども、いまの男は身動き一つしない。間に合わなかったのである。男は、すでに溺死していた。泳ごうとした末の事故であろうか。しかし――。

思考を展開しようとした時、それを阻むように慟哭の声。

「ああ！　友よ！　どうして！　どうしてだ！」

未だ近くにいたオサムスが、力の限りに叫びながら、こちらへと向かって駈けてきた。彼は亡骸の横でうずくまると、その細い身体からは想像できぬほどの、さらに大きな声をあげて、玉のような雫を両の眼から、ぽろりぽろり落とした。

「オサムスよ、この男を知っているのか？」

聞くと、オサムスは躊躇いがちに、

「……彼は、私の無二の親友……カズオウスです」

つまり、宿屋に捕らえられているはずの男である。

遅れて警吏がやって来る。

「それが、くだんのカズオウスか。軟禁場所から逃げ出して川に落ちたようだな」

警吏は淡々と言った。事故だと思っているようである。

メロスは、ゆっくりと首を横に振る。

「いや、これは、おそらく殺人だ」

「メロスよ、何を根拠に、そのようなことを言う」

「カズオウスの左足首に紐(ひも)の捲(ま)かれた痕(あと)が色濃く残っているのだ。紐自体は荒浪に揉(も)まれて千切れてしまったようだがな」

「うむ、確かに。だが、それだけならば、自害も考えられぬか？　自らに重しをつけてから入水(じゅすい)する者もいる。足に岩でも括(くく)りつけていたのかも知れぬぞ」

「紐の痕はもう一箇所あるのだ。右手を見たまえ――」

右手にも、手首から甲にかけて、紐の痕が残っていた。足首の痕と同様、その色は濃く、直前まで縛られていたことは確実である。足首はともかく、片手に重しを括りつけるとは考えにくい。

メロスは、オサムスと警吏に、言い聞かせるように告げる。

「以上の痕跡(こんせき)から察するに、カズオウスは、右手と左足首を繋(つな)がれて、強制的に前屈した姿勢を取らされたまま、川に投げ込まれたのだ」

警吏は得心したように肯いた。それに対してオサムスは、虚ろな眼をして、足を引きずりながら川の流れに向かって歩き始めた。

「私も、すぐに、そちらへ行こう……」

メロスは咄嗟にその首根っこを摑んだ。オサムスは隙さえあれば死のうとする。身動きできぬよう、正義の拳を行使しようかとも考えたが、貧弱な彼では永久に動けぬ亡骸に化けてしまう恐れがあるため、ぐっと堪え、説得を試みる。

「オサムスよ！　犯人を懲らしめたいとは思わぬのか！」

怒鳴ると、彼は視線を落として悩む素振りを見せたが、すぐ顔を上げて、

「犯人を、許しておけません」

その眼には覚悟の気持ちが宿っていた。

「ならば捜査に協力してもらおう。死んでいる暇はない」

捜査をしている暇もメロスにはないのであるが、こうなってしまっては仕方あるまい。速やかな解決を目指すのみである。

オサムスとの会話を聞いていた警吏が、そこで口を挟む。

「捜査するとして、手掛かりはあるのか？」

メロスは口元を押さえて唸る。

「ううむ、単純に考えれば、カズオウスの身柄を預かっているはずの、宿の主人が怪しく思えるが、どうなのだろうな……」

その呟(つぶや)きに応じたのは、オサムスであった。

「宿屋の主人は、イブセマスという名の、気のよい親爺(おやじ)さんでしてね、人を殺すようには見えませんでした」

「外見では判断できかねる。ただ、殺しそうにないのは事実だ。宿の主人にしてみれば、カズオウスは質草、いわば財産だ。それを簡単に捨てるとは思えぬ」

「宿屋の主人以外に目ぼしい人間はおりますでしょうか？」

メロスは、さらに唸った。手掛かりが少な過ぎる。現状では、宿屋くらいしか調べる場所が思い浮かばぬ。ゆくゆく温泉街を捜索することになったとしても、気安く行ける距離ではない、ある程度の目星をつけてから行動するが吉。

考えあぐねていると、馴染(なじ)みのある声が聞こえてきた。

「うむ、遺体の懐に、興味深いものがあるな……」

振り返ると、イマジンティウスが、カズオウスの亡骸を観察していた。

「お前は、橋を探しに上流へ向かったのではないのか？」

「ああ、上流へ向かったのだが、ここから少しく行った川べりに、真新しい手の跡が残されていたのだ。何者かが水から這(は)い上がろうとした形跡に思えたので、もしや溺(おぼ)

れた者でもいるのかと、こうして下流まで戻ってきた。私の予想が当たっていたかどうかは、ご覧のとおりだ」

イマジンティウスは、亡骸を手で示した。

メロスは、その亡骸が何者であるかも含め、ここに至る経緯を彼に伝えた。一方でオサムスたちに対しては、イマジナリー能力のことも含め、川べりの手の跡について説明することにした。オサムスたちが、メロスの視線の先を、不審そうに窺っていたからである。何者と話をしていたのかと疑問に思っているのであろう。

説明を終えると、二人は不思議そうに眼を瞬かせた。メロスの話を信じていないようであった。けれども、それを無視して話を進める。

「……それで、イマジンティウスよ、興味深いものとはなんだ？」

「説明するよりも君が確認したほうがよいだろう」

言われるがまま、メロスはカズオウスの懐を調べた。そこには、幅四寸、長さ八寸ほどの紙片が、腰紐で締めてある部分の内側に、大事そうに収められていた。

それを手に取る。材質は羊皮紙であった。羊皮紙とは、いわゆる紙の代替として使われる、獣の皮を薄く伸ばした書写材である。ただ、これは品質が低いのか、だいぶ厚みがあった。加えて表面には、文字らしきものが記されていた。

「これは……」

羊皮紙には、乱れた筆跡で、こう書かれていたのである。

――カズオウス

被害者カズオウス自身の名前である。なぜ、このようなものが、懐に大事に仕舞い込まれていたのか見当もつかぬ。

再び唸ると、イマジンティウスが見解を語り始めた。

「非常に乱れた筆跡だ。よっぽど切羽詰まった状況で書かれたのだろう」

「切羽詰まった状況となると、死ぬ直前か」

「そうだろうな。縛られる直前、いや、片手は使える状態にあったので縛られてからかも知れぬな、とにかく、死を覚悟した後に書かれたものと思われる。懐にペンとインクは見当たらぬが、無地の羊皮紙のみを持ち歩くとは考えにくいので、それらは濁流に呑まれてしまったのだろう」

メロスは、状況を整理するために小声で自問する。

「カズオウスは、宿を脱した後、何者かに縛られて川に投げ込まれた。川べりに手の跡があることから、激流によって紐が千切れ、一度は岸に這い上がろうとしたが、上手くいかずに溺死した。そういう結果になるだろうことが予想できた状況で、あらかじめ、彼は自分で自分の名前を羊皮紙に書いていた、ということか？」

口に出してみても、やはり、意味が分からぬ。

それに対してイマジンティウスは、すでに何かを察しているようであった。

「メロスよ、その羊皮紙に記された言葉は、死者からの伝言だ」

「ああ、なるほど、そういうことか……」

被害者のカズオウスが、死の間際に、真相を示唆するメッセージを、書き残したのである。すなわち、これは、
ダイイングメッセージである――。

けれども、それが分かったところで、

「カズオウスは、なぜ自分の名前を書いたのか、やはり分からぬな。これがダイイングメッセージだとするならば、通常、犯人の名前を書きそうなものだ」

言うと、イマジンティウスは微笑んだ。

「ダイイングメッセージとは、遺体の発見者に宛てて書かれるものだ。しかし、もし第一発見者が犯人であった場合、そこに自身の名が記されていたら、揉み消してしまうだろう。そこで、ひと目では分からぬよう、被害者は暗号を書くこともある。そうだな、例えば、アナグラムにするとかな」

「アナグラム？」

メロスは、すぐさま聞き返した。

ところが応じたのは、イマジンティウスではなく、警吏であった。

「そうか、確かにアナグラムかも知れぬな」

彼の傍らに立つオサムスも、腑（ふ）に落ちたのか、幾度も肯（うなず）く。

警吏とオサムスには、イマジンティウスの姿も見えなければ、声も聞こえぬはずである。メロスは考えた。彼ら二人にしてみれば、ずっと私が、発見した羊皮紙について、自問を繰り返しているように見えていたことだろう。つまり、アナグラムの可能性も、私が発案者と考えているに違いあるまい。けれども、メロスは、アナグラムという言葉を、知らぬのであった。

そこで探るように警吏に話しかける。

「警吏よ、そう、アナグラムだ。例のあれだ。お前は、具体的に、アナグラムを、説明できるだろうか？　あのアナグラムだぞ？」

警吏は不思議そうな顔をしながらも語り始めた。

「アナグラム、要するに文字の並べ替えだ――」

警吏曰（いわ）く、「カズオウス」という名前、ギリシア文字では「ΚΑΖΟΥΟΣ」という七文字になる名前は、並べ替えることで別の意味の言葉になるかも知れぬ、とのことであった。

話を聞き終えたメロスは深く肯いた。すると、オサムスが首を傾げた。

「カズオウスという七文字では、意味のある言葉を作ることはできないです。そうすると、固有名詞が考えられるわけですが、カズオウス、ザクオウス、ウカゾウス、アズコウス……心当りのある言葉は思いつきませんね」

さすがは小説家である。言葉に関する分析が早い。とりあえず、早くも暗礁に乗り上げてしまった。メロスは口元を押さえて黙り込んだ。

見かねたイマジンティウスが述べる。

「メロスよ、アナグラムは、あくまで例え話だ……」

言わんとすることを察したメロスは、さっそく警吏たちのほうへ向き直る。

「アナグラムは、あくまで例え話だ。文字を並べ替えても意味のある言葉にならぬのであれば、自分で自分の名前を書くという行為自体に意味があるのだろう」

言ってはみたが、これも難問である。案の定、警吏とオサムスは、難しい顔して口を閉ざしてしまった。

しばらく経って、ようやく警吏が切り出す。

「やはりこれは自害ではないであろうか。犯人を示すと思われる遺言に自分自身の名が書いてあるということは、カズオウス自身が犯人、すなわち自害だ」

メロスは鼻から息を吐き出した。

「警吏よ、被害者のカズオウスは前屈した姿勢で縛られていたのだぞ？」

「カズオウスは小説家で想像力が豊かであったと思われる。確実に死ぬため、今際の際に、片手と片足を繋げるという縛り方を思いついたのかも知れぬ」

「いや、それでは整合性が取れぬ。先刻も伝えたとおり、ここから少しく上流に行った川べりに、水から這い上がろうとした形跡が残されているのだ。死のうとしている者が悪あがきはせぬだろう」

「飛び込むまでは死ぬつもりであったが、思いのほか溺れるのが苦しく、無意識のうちに這い上がろうとした。そういうこともあり得るのではないか？」

あり得るか否かで言えば、あり得る。とはいえ、自害ならば自害だという旨を書き記すものであろう。

反論をしようとした時、オサムスが割って入ってきた。

「彼は一人で死ぬようなことは決してしない。これは、絶対に殺人です」

お道化た様子は一切ない。真剣そのものである。明確な根拠こそ示されていないものの、親友だからこその確信というものがあると察せられる。

そんなオサムスのことを、イマジンティウスが、じっと見つめた。

不用意な発言は許されぬような、気まずい空気が辺りに立ち込める。さりとて、議論の停滞は避けたい。時間が限られているのだ。

「警吏よ、オサムスの発言はともかく、自害を考慮する必要はあるまい。暗号めいた伝言が書かれている以上、犯人はカズオウス本人とは別の何者かだ」

言うと、警吏は不服そうに、

「では、ダイイングメッセージは、どういう意味だというのだ？」

問われて、メロスは必死に考えを巡らせた。

「自分で、自分の名前を、書いた……サインか？」

半ば苦し紛れ。けれども、イマジンティウスが感嘆の声をあげる。

「よい考えだ。サインを意味しているのかも知れぬな」

その発言でメロスは自信を持った。

「うむ、カズオウスは、サインという言葉を伝えたかったのだ！」

語勢を強めてはみたが、相も変わらず、ここからどう真相に繋がるのかが分かっていない。ただ、よい具合に警吏がアシストに入ってくれた。

「なるほど、つまり署名だな？　カズオウスは、オサムスと共に、宿屋の主人から借金をすることとなった。その時に借用書に署名をしたということか」

メロスは警吏のことを指差す。

「その借用書に手掛かりが隠されているに違いあるまい！」

ひどく遠回りをしたが、結局は、宿屋の主人が怪しいという結論に落ち着いた。

そうして、一行は温泉街に向かうことにした。

「私は馬で一足先に向かって宿屋の主人を押さえておこう」

警吏は、警吏らしいことを言って、さっそく馬を走らせた。

残されたメロスたちは、二本の脚で、温泉街を目指した。メロスだけならば疾風の如く走るのであるが、オサムスを置いていくわけにもいかず、貧弱な彼の足取りに合わせて川沿いを上流に向けて進む。

走りながらメロスは、気になっていることを、オサムスに尋ねることにした。

「オサムス、お前は、なぜ死のうとしていたのだ？」

「言ったではないですか、金を工面することができなかったからですよ」

「いや、それだけでは説明がつかぬ。カズオウスの亡骸（なきがら）を見つけた時のお前は、ひどく取り乱していた。あれは真に友を想う姿だった。金を工面できなかっただけで、その友を見捨てるとは思えぬ。親友だったのだろう？」

オサムスは、見透かされたことを恥じるように、苦笑いした。

「ええ、無二の親友です……」

彼はそう呟（つぶや）き、続けて、遠い眼をして、

「十代の頃にアカデミアで知り合い、それからは毎日のように共に過ごしました。切磋琢磨（せっさたくま）、二人して小説を書き、何をするにも常に一緒だった。本当にね、何をするに

も、一緒だったのです。それほどの盟友、でした……」

オサムスは眼を細めた。在りし日の光景を眩しく感じているかのようであった。

メロスにしてみれば、ますます不可解に思える。

「改めて聞こう。それほどの親友を見捨てて、なぜ死のうとした」

「金の話は最終的な切っ掛けに過ぎないのでしょう。見捨てたのは不可抗力による結果です。私はね、ずっと以前から、死にたいと思っていたのですよ」

「なぜゆえに」

「小説から逃げるためです。小説を嫌いになってしまったのです」

創作者というものは遠回しにしか表現できぬのであろうか。彼の言っていることが理解できず、ただ、首を傾げる。

オサムスは、その無言の間を埋めるように、言葉を継いだ。

「メロスさんは、小説を書くのに最も必要なものは、なんだと思われますか？」

「さあ。文章力か？」

「眼です」

「眼？　ならば、眼がよい私にも小説が書けるかも知れぬな」

「眼と言いましてもね、観察眼、あるいは心の眼と表したほうがよいでしょうか。世の中を、人間を、その奥深くまで見つめる力が必要なのです。ただね、見つめるためには、丸裸の心で事象に接する必要があります。だから疲れるのですよ」

「推理よりも難しい話だ」

メロスは冗談めかして言った。彼は微かに頬を緩めた。

「分かる必要はありません。大半の人々は見たいものだけを見ている。それでよいと思います。世の脆弱性や、他人の浅ましさ、自分の醜さ、そういったものに無防備な精神で触れていると、自分自身が削れてしまいます。小説を書くという行為は、そういう、削り出す作業なのでしょう。だからね、嫌いです」

「そんなにも嫌いならば、書くのをやめればよいだけではないか」

「書かずにはいられないのですよ。小説を書くことしかできないので、小説を書かないようにするには、死ぬしかないのです」

創作者の面倒臭さは、どこでも、いつの時代でも、同じである。古代ギリシアも例外ではなく、大衆が規範的な生き方を求める中、創作に携わる人々については厭世観を表明する者が少なくなかった。例えば、紀元前六世紀の無名の詩人は、「この世の者にとって最もよいことは生まれてこないこと、生まれてしまったら一刻も早く冥府の門をくぐること」という詩を残している。また、実際に自害した者もいる。シラクスに縁のある人物で言えば、詩人サフォが有名であろうか。

メロスは、オサムスの言い分について、意味は理解できるものの、感覚までは呑み込むことができず、言葉に詰まった。

そのタイミングで、イマジンティウスが前方を指差す。

「メロスよ、温泉街が見えてきた」

見ると、すでに到着している警吏が手を振っていた。自然、脚は早まる。

温泉街といっても小さなものであった。この時代、一般家庭に浴室はなく、日常的に入浴する習慣はなかった。それゆえに公共浴場は娯楽施設としての側面が強く、運動場などを併設している場所もあった。この温泉街は、まさに娯楽に特化した集落で、浴場を中心に数軒の宿屋と商店が佇むだけだったのである。

街に入ったメロスは、警吏の案内に従って、さっそく宿屋に向かった。

途中、オサムスが言う。

「私は主人から金を借りている身分です。外で待っているほうがよいでしょう」

一理ある。とはいえ、彼を一人きりにするのは不安である。その気持ちを汲んでくれたのか、警吏が声をあげる。

「私も外で待とう。馬を放っておくのも心配なのでな」

承諾したメロスは、イマジンティウスと共に、宿屋の扉をくぐった。

内装は民家と変わりがない。入ってすぐのところには広々とした土間があり、小さなテーブルと、細身の椅子が数脚置かれている。

その椅子の一つに腰掛ける老齢の男は、メロスの姿を見ると、柔和な笑みを浮かべて近寄ってきた。宿屋の主人、イブセマスである。彼は、オサムスが言っていたとおり、気のよさそうな親爺(おやじ)であった。

「あんたがメロスさんだね？　警吏さんから話があると言われたけれど、いったい何があったのだい？　私は悪いことした覚えはないよ」

まだ何も聞かされていないようである。

「イブセマスよ、カズオウスという男を知っているな？」

「小説家のカズオウス先生かい？　今朝までうちにいたよ。それが？」

「殺されたのだ」

「ええ！　いったいどうして！」

メロスは経緯を手短かに伝えた。ただ、ダイイングメッセージのことは伏せた。容疑者として疑っていると悟られれば、警戒される恐れがあったからである。

話の最後、さっそく不審に思った点について、さりげなく尋ねる。

「……イブセマスよ。お前は先刻、カズオウスが今朝までここにいた、と言っていたな。なぜ人質を解放したのだ？」

「人質とは大袈裟(おおげさ)だ。確かにね、代金を支払えなくてカズオウス先生は滞在していたけれど、監禁していたというわけではない。今日中にオサムス先生が代金を持ってくるという話だったから、他の宿泊客と同じ扱いだったのだよ」

「いずれにしても、支払いをせぬまま、ここを発つのは不自然ではないか」

「昨夜から大雨だっただろう？　近くの橋も壊れてしまった。これではオサムス先生は戻れないかもってことで、カズオウス先生は様子を見に行ったのだよ」

「そのまま戻ってこなかったということか」

「殺されてしまったのでは戻ってこられないよねえ」

　ここまでの話に矛盾はない。嘘を言っているようにも思えぬ。さりとて、ダイイングメッセージの内容を考えると、イブセマスが最も怪しい。

　メロスは、挑むように彼を睨みつけて、持参した羊皮紙を掲げた。

「イブセマスよ、借用書はどこにある――」

　そう切り出して、サインのことについて、詳細に語る。

　話を聞き終えたイブセマスは放屁した。いかにも、つまらなそうであった。

「借用書ねえ……」

「おい、人の話は真面目に聞け」

「そう言われてもね、ないのだよ、借用書なんてものは」

「どういうことだ？」

「うちは基本的には前金制だ。売掛を作ることがないから借用書のフォーマットがそもそもない。その上、オサムス先生もカズオウス先生も著名な小説家なのだ、その肩書きだけで十分な保証になる。書面なんて起こす必要はないねえ」

「虚言ではあるまいな」

拳を見せつける。すると、イブセマスはまた放屁した。

「信じられないなら他のスタッフにも聞いてみてくれ」

自信に満ちた顔である。彼の証言に嘘はないようであった。となれば、ダイイングメッセージの解釈が間違っていたのだろうか。

そう悩んでいると、傍らのイマジンティウスが独り言を呟いた。

「サインを書くのは書類だけとは限らぬな。被害者は、小説家だったのだ……」

その言葉を聞いて閃いた。

「自著か」

すぐさまイブセマスに詰め寄る。

「イブセマスよ、カズオウスの手荷物はここに置かれたままではないか？」

ところが、彼は、

「ブッブー」

「おい、口でものを言え」

「ブッブーなのだよ。答えは、無い。お二人は手ぶらで宿泊しにきたのだ」

「アテナイから海を渡って来たのに手荷物がないだと？」

「無鉄砲だよねえ。後のことを何も考えていないかのようだ」

　手詰まりか。いや、彼らの著作は市場に流通している。

「イブセマスよ、お前は、オサムスとカズオウスのことを、著名な小説家と言っていたな。もしや、彼らの小説を持っているのではないか？」

「ああ、ちょっと待っていてくれ……」

　そう言って、イブセマスは部屋の最奥にある書架から巻子本を取り出した。

「ほれ、オサムス先生の本ならあるよ」

「カズオウスの小説はないのか？」

「ブッブー」

「ないのだな。分かった。では、その本でよいので見せてくれたまえ」

　ダイイングメッセージの意味が、サイン、であるならば、それが指し示すものは被害者のサインだけとは限らぬ。そう考えて差し出された本を念入りに観察する。本の表には、「人間合格」という題名と、オサムスの名前が記されていた。ただ、この本はおそらく写本であって、これは単なる著者名である。サインとは呼べぬ。

　またしても事態は進展しなかったようである。そうは思いつつも、わざわざ持ってきてもらった手前、メロスは、本を開いて軽く流し読んだ。

オサムスの「人間合格」という小説は、青春物語であった。「誇らしい生涯を送って来ました」という一文で始まる手記形式の小説で、一人の男の少年期から青年期にかけての華やかな日常が綴られていた。徹頭徹尾、過剰なほどポジティブである。

「あの陰鬱なオサムスが、こんなに明るい話を書くのだな……」

何気なく呟くと、イブセマスが驚いたように、

「陰鬱だって？　あのオサムス先生が？」

「ああ、青白い顔とチョップで折れそうな体格。まさに陰鬱そのものだ」

「馬鹿を言っちゃいけない。オサムス先生は筋骨隆々ではないか」

「筋骨隆々だと？」

ならば、いままで見てきたオサムスの姿はなんだったのだろう。と疑問に思うと同時に、ダイイングメッセージが脳裏に浮かぶ。

メロスには政治が分からぬ。哲学も分からぬ。数学も科学も分からぬ。けれども邪悪に対しては、人一倍に敏感であった。それゆえ、
メロスは推理した——。

いま一度、懐から羊皮紙を取り出して、そこに書かれた文字を読み、それから横を向いて、イマジンティウスの顔を見る。彼も同じ考えに至ったのか、こちらをじっと見つめていた。二人は無言で肯き合って、さっそく宿屋を辞そうと、くるり扉のほう

を向いた。その時、外から、けたたましい馬の嘶き。

　メロスは宿屋の主人イブセマスに短く礼を述べて、すぐさま屋外に躍り出た。見ると、警吏の馬が脚を高く掲げて激しく暴れている。

「いったい何があったのだ！」

　馬の声に負けぬよう力一杯に叫ぶと、警吏は慌てた調子で、

「宿屋の会話を盗み聞ぎしていたオサムスが、突然、私の馬を蹴飛ばしたのだ！」

「それで、オサムスはどこへ行ったのだ！」

　尋ねると、警吏は我に返って、あちこちと眺め回した。

　メロスも周囲を見る。オサムスの姿は遠くにあった。彼は川沿いを下流に向かって全速力で走っていた。華奢であるにもかかわらず、なかなか速い。

「やるではないか……」

　一つ呟き、メロスはオサムスのいる方角を向いたまましゃがみ込んで、両手を地面につけ、腰を上げ、前方を睨んだ。

　クラウチングスタートである。十九世紀、アテナイで行なわれた第一回近代五輪大会において、近距離走の選手が披露したスタート法である。この方法は、体幹を前傾させることで脚を伸ばす力が効率的に推進力に変換され、優れた走り出しを可能とする。現代においては、その有用性によって短距離走の一般的なスタート法となってい

るが、もちろん古代では、この方法は編み出されていない。けれども、自然の中で培われてきたメロスの野生の勘が、自ずと、この姿勢を取らせた。

両の足に力を蓄える。そうして、矢の如く走りだす。

オサムスは亡骸のある場所に向けて走っていた。その向こうにある木々の茂った峠に逃げ込まれてしまえば、見失ってしまうかも知れぬ。それまでに捕らえなければならぬ。亡骸までは半里の路、現代のトップアスリートならば、およそ三〇〇秒で走り抜けられる距離である。急ぐのだ。凄く、速く、走れ、メロス。

駿足アキレウスの如く、風を切って走る。メロスが放つプレッシャーの気配によってか、オサムスがギアを上げて加速する。メロスは、それを上回る勢いで加速しながら、考えを巡らせた。彼は貧弱に見えるが、これほどの脚力があるのだ、亜麻布の下の肉体は丈夫であるはず。ならば、多少は手荒な真似をしても問題あるまい。

導き出された答えは、リアタックル。いよいよ亡骸の位置に差し掛かった時、メロスはオサムスの腰に飛びついて、彼の上体を引き寄せながら、脚に脚を絡めるように下半身をぶつける。二人は砂利の上に転がった。

メロスは跳ねるように立ち上がった。それに対してオサムスは、痛みを堪えているのであろう、よろよろと身体を起こした。

蹄の音を轟かせて、馬に跨った警吏がやって来る。

「おい、どういう状況なのだ。メロスよ、説明してくれ」

メロスはオサムスを見据えたまま、懐から羊皮紙を取り出して、掲げた。

「このダイイングメッセージの意味が分かったのだ」

オサムスは何も言わず、表情も変えぬ。すでに答えを悟られたと理解しているものと思われる。その静寂を相槌（あいづち）と解して、メロスは言葉を継ぐ。

「羊皮紙には、カズオウス、と書かれている。私たちは被害者の名前だと思い込んでいたが、それが間違いだったのだ。答えは単純だった。これは、犯人の名だ！」

言い切ると、事情を知らぬ警吏が首を傾げた。

「何を言っているのだ。実際にカズオウスは死んでいるではないか」

メロスは首を横に振る。

「そこの亡骸をカズオウスとする根拠は、眼の前の男、オサムスの証言だけだ。加えて、オサムスがオサムスである根拠も彼の証言だけしかない。ところが宿の主人の話によれば、オサムスという男は、筋骨隆々だったそうだ。その特徴は、眼の前のオサムスよりも、カズオウスとされる亡骸に合致する。つまり被害者の本当の名前は、オサムスなのだ。ということは……」

ゆっくり腕をあげ、眼の前の男を指差し、厳かに告げる。

「お前が犯人だ、本物のカズオウスよ」

眼の前の男は口元を歪めて乾いた笑い声を洩らした。

「ははは……その通りです。私がね、本物のオサムスを殺したのですよ」

そんなオサムス、改め、カズオウスのことを見つめながら、メロスは、仮説を語ることにした。

「カズオウス、お前は、今朝、適当な言い訳を口にして宿を脱し、三日前にすでに温泉街を発っていたオサムスと合流した。そうして、方法までは分からぬが、オサムスの手首と足首を繋いで川に突き落とした。おそらく、拘束される前後、お前の隙を突いてオサムスはダイイングメッセージを遺したのだろう」

「全くその通りですね。反論の余地もありません。まさか、私の名前が記されたダイイングメッセージが、そんなものが、遺されているとは思いもしなかった……」

「なぜだ。なぜ親友を殺したのだ。なぜ親友を裏切ったのだ！」

感情の赴くまま語勢を強めると、カズオウスはお道化るように笑った。

「それはね……私は、オサムスのことが、嫌いだからですよ」

微かに釈然としない気配は感じられるものの、本物のカズオウス自身が犯行を認めているのであるから、これ以上の追及は意味を成さぬ。なにより、メロスには時間がない。親友を、裏切るわけにはいかぬのである。

メロスは警吏に視線を送り、

「これにて解決だ。後のことは任せた」

警吏は馬から降りて、カズオウスの腕を掴まえた。カズオウスは素直に警吏についていった。そのタイミングでイマジンティウスが遅れて到着する。

「どうやら解決したようだな、メロス」

「ああ、お前の出番はなかった、イマジンティウス」

佳き友の姿をした彼は、澄ました顔で肯いて、それからメロスの手元をじっと見つめた。メロスは未だ羊皮紙を握り締めていた。それを見ているようである。

「メロスよ、その羊皮紙は、角が捲れてはいまいか？」

指摘されて、メロスは手元に視線を落とした。確かに捲れて二枚になっている。ずっと湿った状態にあったものが、乾燥によって丸まって、剥がれたのであろう。メロスは改めて念入りに羊皮紙を調べてみた。そうして、
メロスは重ねて推理した――。

警吏に手を引かれてカズオウスは馬に向かって歩いていた。間もなく縄を打たれることであろう。ただ、それは、このまま放っておけばの話。メロスは放っておかなかった。彼の背中に向けて叫んだのである。

「待て！　カズオウス！」

カズオウスは緩慢に振り返る。その表情のない表情に、さらに怒声を浴びせる。

「お前は、なぜ、嘘をついたのだ！」

問われたカズオウスは無表情のまま淡々と、

「犯人と思われたくなかったからですよ。思われたくなかったから、私はね、自分の名前を偽ったのです」

メロスは声を低めて重ねて問う。

「違う。そのことを言っているのではない。私が聞きたいのは、お前は、なぜ、オサムスを殺したと嘘をついたのだということだ」

「いいえ、そのことについて私は嘘をついていません。私は犯人です」

「いや、お前は殺していまい！」

やり取りを静観していた警吏が、そこで口を挟んだ。

「メロスよ、何を言っている。カズオウスは犯行を認めているではないか」

困惑の色を浮かべる彼に歩み寄り、メロスは、小さく頭を下げた。

「警吏よ、すまなかった。お前の推測が正しかったのだ」

「要領を得ぬな」

「被害者である本物のオサムスは、殺されたのではなく、自害したのだ」

言って、羊皮紙を掲げる。それから話の続きを語る。

「この羊皮紙の表面には、カズオウス、と書かれている。私たちは、これを、ダイイングメッセージと解釈した。それはある意味において正解ではあるのだが、肝心な情報を見落としていた。厚みのある一枚に思える羊皮紙、これは実は、綺麗に二つ折りにされたものだったのだ。水に濡れて紙面と紙面が張りついた状態になっていたがゆえに、私たちはそのことに気が付くことができなかった」

片手で掲げていた羊皮紙に、もう一方の手を添え、

「しかし、乾燥した状態ならば、簡単に開くことができる。そうして、開いた部分には、こう書かれていた……」

二つ折りになっている羊皮紙を開き、それを、彼らに見せつける。

——貴方を嫌いになったから独りで逝くのではないのです。

私だけが、小説を書くのが嫌になったからなのです。　オサムス

メロスは語勢を強める。

「この文面は遺書だ！　要するに、表面に書かれていたダイイングメッセージの答えは、宛名だ！　この羊皮紙は、カズオウス、お前に宛てられたものなのだ」

カズオウスは、未だ無表情で、何も言わぬ。

代わりに警吏が声を発する。

「確かに、それは遺書のように思える。しかし、お前が彼の死因を他殺と推測したのは、不自然な縛られ方によってではないか。私が提示した仮説のとおり、本物のオサムスは、右手と左足首を自ら繋いで、前屈した姿勢で入水したということか？」

メロスは首を横に振った。

「いや、そのような縛り方は、いまもってしても不自然に思える。警吏よ、おそらくだが、お前が初めに提示した仮説のほうが正解だ。すなわち、左足首に岩でも繋いで水に飛び込んだのだろう」

「それでは右手の紐の痕はなんだと言うのだ」

「改めて考えてみると、右手の紐の痕には不審な点がある。仮に左の足首に繋ぐのだとしたら、手首のみを縛りそうなものだ。ところが、実際の痕は、手の甲にまで及んでいる。これは、何かを握った状態で固定されたものだろう」

「何かを握る？　いまから死のうとする時に何を」

「答えは、私たちの眼の前にある……」

そう言って、メロスはカズオウスに近寄り、彼の、腕まで覆う亜麻布の服の裾を勢いよく捲り、露わになった左手を摑んで、それを高く掲げた。

「オサムスが死ぬ間際に握っていたものは、この、カズオウスの手だ！」

カズオウスの左手には、オサムスの亡骸と同じく、色濃く紐の痕が残っていた。

警吏が呆然と言う。

「二人は、心中をしたということか……」

メロスは、カズオウスの手を抛って、さらに見解を述べる。

「ここから少しく上流に行った川べりに、水から這い上がろうとする手の跡が残されている。私は、死のうとする者が水から這い上がろうとはせぬと言った。それに対して、警吏よ、お前は、溺れるのが苦しくて這い上がろうとすることもあり得ると言った。その二つの仮説は、両方とも当たっていたのだ。一方は覚悟の末に溺死し、一方は這い上がった。つまり川べりの手の跡は、カズオウスが、残したものだ」

メロスはカズオウスのことをじっと見つめた。

「カズオウス、お前は、言っていたな。親友とは何をするにも常に一緒だったと。自害さえも一緒にするつもりだったのだろう。違うか？」

返答を促すように見つめ続けていると、彼はようやく表情を崩し、小さな笑い声をあげた。明らかに、無理にお道化ているだけである。ほとんど声帯は震わされず、息の洩れる音ばかりの笑い声であった。

「メロスさんの言うとおりです。私はね、彼と、共に死のうとした。けれども死ねずに一人で川から這い上がってしまった。偶然にも拘束が解けたのをよいことに、私は岸へと泳いだのです。友を裏切ったのです。気が付いた時には、私の左手に彼の手はなく、この千切れた革紐（かわひも）だけが、残されていました……」

カズオウスは一本の革紐を懐から取り出した。

「裏切りとは大袈裟（おおげさ）だ。生存本能に抗うは容易ではない。私でさえも……」

メロスは、近く上ることとなる磔（はりつけ）の台を思い浮かべ、慈しみの眼を彼に向けた。

それでもカズオウスは首を振る。

「いいえ、私は間違いなく彼を裏切った。死なせてしまったのです。彼は、オサムスは、小説の天才だった。人前では、お道化て明るく振る舞い、希望に満ちた物語を紡いではいましたが、実際には、鋭敏な感受性によって精神をすり減らし、いつも生きることから逃げようとしていました。私は引き止めなければならなかった。それだのに、後押ししてしまった。あまつさえ私だけが生き残った。これを殺人と呼ばず、なんと呼ぶのでしょう。私は罰せられるべき人種なのです」

彼らが手荷物も持たずにシケリア島にやって来たのは、死に場所を求めてのことだったのであろう。そうして、破滅的な日々を送っていたに違いあるまい。

「……彼を殺してしまったという事実を受け止め切れず、私は、メロスさんに話しかけられた時、咄嗟（とっさ）に、オサムスと、名乗ってしまいました。さあ、罪深き私を処刑台まで送り届けて下さい」

話を終えると、カズオウスは警吏に向かって両手を差し出した。その手から垂れ下がる一本の革紐を見て、イマジンティウスが、呟く。

「メロスよ、あの紐をよく見たか？」

「ああ、分かっている……」

メロスは一つ肯き、呼吸を整え、言い聞かせるように語り始めた。

「カズオウスよ、お前の話には間違いがある。お前は、偶然にも拘束が解けた、と言っていたが、その革紐は断面が鋭利だ。つまり、オサムスが刃物で切断したに違いあるまい。その上、お前の足には重しが括りつけられていなかった。オサムスは、初めから、お前を死なせる気なぞなかったのだ」

カズオウスは俯いて、手元の革紐を感慨深く見つめた。

そんな彼に対して、再び羊皮紙を見せつけて、説明を続ける。

「遺書にも、『独りで逝く』と書かれている。筆跡の乱れから察するに死ぬ直前、おそらくは、お前と入水すると決めた後に書かれたものだ。加えて、『私だけが、小説を書くのが嫌になった』とも書かれている。私は生前のオサムスを知らぬが、お前の話からするに、鋭い観察眼の持ち主だったのだろう。オサムスは、気付いていたのだ、お前が、心の奥底では、小説を嫌いになっていないということを！」

カズオウスは顔を上げた。その眼は虚ろであった。

「ああ、私は心の奥底でも彼を裏切っていたのですね。やはり死ななければ……」

「馬鹿を言うな！　オサムスはお前に生きて欲しいと願ったのだ！」

「芸術家は自害をもって人生という絶望の作品を完成させるべきなのです」

なんと強情な。

メロスは、伝家の宝刀である正義の拳を、強く握り締めた。やはり実力行使だけが物事を進展させる。つまりフィジカル。フィジカルの出番である。

「ならば、私がお前の物語に終止符を打ってやろう」

言うや否や、メロスは閃光の如き早業でカズオウスを投げ飛ばし、砂利に倒れて天を仰ぐ彼の上に馬乗りになって、高く拳を掲げた。

「私は強い。この拳がクリーンヒットすれば、お前の頭蓋は、砕け散る」

そう宣言し、さっそくカズオウスの顔面を目掛けて、勢いよく拳を振り下ろす。

鈍い音が響いた。

メロスの拳は、カズオウスの頬を掠め、地面に突き刺さったのであった。メロスは感心して、ほうと短く息を吐き、それから微笑んだ。

「よくぞ避けた。お前は見かけによらず運動能力が高いので、生きたいという願望さえあれば、避けてくれると信じていた……」

カズオウスは呆けていた。自分自身の行動が信じられぬようであった。

「死にたがりのお前は、いま、死んだ」

そう言ってメロスは立ち上がった。カズオウスも、よろよろと身体を起こす。

未だ呆然とする彼に、メロスは眼を細めて視線を送り、優しく問いかける。

「カズオウスよ、お前は言っていたな。小説家に必要なものは心の眼だと。心の眼で見たものを表現する、それが、お前の小説なのだろう?」

カズオウスは、視線を落としつつも、はっきりと首肯した。

その様子を認めて、さらに声をかける。

「ならば問おう。お前は、オサムスとの間に何を見た!」

しばしの沈黙の後、カズオウスは顔を上げ、唇を震わせながら掠れた声で、

「……友情」

彼は泣き崩れた。返らぬ命、あるいは将来において作品に昇華されるであろう命を想って、彼は泣き続けた。

そんなカズオウスを横目に、警吏が、川べりまで馬を引き、オサムスの亡骸を抱えた。それから彼は、メロスに向かって笑顔を見せた。

「茶番は嫌いではない。私は、イブセマスの宿でも借りて、これからオサムスを弔おうと思う。もちろんカズオウスも連れていく。メロス、それと、心の友だったか、お前たちはどうする?」

メロスは鼻で笑った。

「私は、佳き友のためにシラクスの市へ急ぐ。当りまえではないか」

「そうか。それでは、ここでお別れだな。今生の別れだ……」

壮年の警吏は、メロスが処刑されることを惜しんでいるようであった。

警吏とカズオウスは、オサムスの亡骸と共に、上流へと向かって歩き始めた。別れ際、羊皮紙を受け取ってカズオウスは言った。

「いつかね、オサムスとの思い出を、小説にします」

馬の蹄の音は遠ざかる。

静かになると、イマジンティウスが独り言のように、

「真相が自害とは、推理劇としては落第点だな」

お道化て笑う彼に、メロスは同じくお道化た笑顔で、

「何を言っている。彼らの物語は、推理劇ではなく、友情の物語だ」

イマジンティウスは声を出して笑った。

「そうだな。その通りだ」

言ってから彼は、すぐ言葉を継ぐ。

「川を渡ればシラクスは近い。私は当初の宣言どおり橋を求めて上流へ向かう。君ならば、荒れ狂う川も物ともせぬだろう。後で逢おう」

佳き友の姿をした彼は、さっそく歩き始めた。

その背中に向かってメロスは叫ぶ。

「佳き友よ！」

彼は振り返って、また笑う。

「私に言っているのか？　私は君の友人の幻だろう？」

「ああ、同時に象徴でもある。だからこそ、言わせてもらおう」

イマジンティウスは口元を引き締めて肯いた。

メロスは、声を限りに宣言する。

「必ずや！　約束の刻限までに！　シラクスの王城に辿り着く！」

その真剣さに対し、イマジンティウスは澄ました顔で肩をすくめた。

「当然だ。信じている」

事もなげに言って、彼は上流へと消えていった。

メロスは、改めて荒れ狂う川へ向かい、前傾の姿勢を取った。

おお、セリヌンティウス。セリヌンティウスよ――。

いまこそ信実の存するところを示す時。さあさあさあ、神々も照覧あれ。濁流にも負けぬ愛と誠の偉大な力を、発揮してみせよう。

向こう岸への道筋は描けた。メロスは、ざんぶと流れに飛び込み、百匹の大蛇のように、のたうち、荒れ狂う浪を相手に、必死の闘争を開始した。

満身の力を腕に込めて、押し寄せ、渦巻き、引きずる流れを、なんのこれしきと掻(か)きわけ掻きわけ。

やがて、めくらめっぽう獅子(しし)奮迅(ふんじん)の人の子の姿には、神も哀れと思ったか、ついに憐憫(れんびん)を垂れてくれた。メロスは、押し流されつつも、見事、対岸の樹木の幹に、縋(すが)りつくことができたのである。

ありがたい。

メロスは、馬のように大きな胴震いを一つして、すぐにまた先を急いだ。

第五話　メロスは激怒した

必ずや、約束の刻限までに、シラクスの王城に辿り着く――。

そう宣言はしたが、さすがに疲弊し、折から午後の灼熱の太陽が、まともに、かっと照ってきて、メロスは幾度となく眩暈を感じ、これではならぬ、と気を取り直しては、よろよろ二歩、三歩と進んで、ついに、がくりと膝を折った。

立ち上がることができぬ――。

メロスは、天を仰いで、悔し泣きに泣きだした。ああ、あ、山賊たちを幾人も撃ち倒し、濁流を泳ぎ切って韋駄天、ここまで突破してきたメロスよ。正義の人、メロスよ。いま、ここで、疲れ切って動けなくなるとは情けない。

愛する友は、お前を信じたばかりに、やがて殺されなければならぬ。お前は、希代の不信の人間、まさしく王の思う壺だぞ、と自分を叱ってはみるのだが、全身は萎えて、もはや芋虫ほどにも前進は敵わぬ。

路傍の草原に、ごろり寝転がった。身体疲労すれば精神も共にやられる。もう、どうでもよい、という不似合いな不貞腐れた根性が、心の隅に巣喰った。

私は、これほど努力したのだ。約束を破る心は微塵もなかった。神も照覧、私は精一杯に努めてきたのだ。動けなくなるまで走ってきたのだ。私は不信の徒ではない。ああ、できることなら私の胸を截ち割って、真紅の心臓をお目にかけたい。愛と信実の血液だけで動いている、この心臓を、見せてやりたい。けれども私は、この大事な時に、精も根も尽きたのだ。私は、よくよく不幸な男だ。私は、きっと笑われる。私の一家も笑われる。私は友を欺いた。中途で倒れるは、初めから何もせぬのと同じことだ。

ああ、もう、どうでもよい。これが私の定まった運命なのかも知れぬ。セリヌンティウスよ、許してくれ。お前はいつでも私を信じた。私もお前を欺かなかった。私たちは本当に佳き友と友であったのだ。一度だって、暗い疑惑の雲を、お互い、胸に宿したことはなかった。いまだって、お前は私を無心に待っているだろう。ああ、待っているだろう。ありがとう、セリヌンティウス。よくも私を信じてくれた。それを想えば堪らぬ。友と友の間の信実は、この世で一番、誇るべき宝なのだからな。

セリヌンティウスよ、私は走ったのだ。お前を欺くつもりは微塵もなかった。信じてくれ。私は急ぎに急いで、ここまで来たのだ。

故郷の村での殺人事件を解決した。

山賊が引き起こした殺人事件も解決した。

濁流の中の不審死の真相も暴いた。

それから一気に駈けてきたのだ。私だから、できたのだよ。ああ、この上、私に望みたまうな。放っておいてくれ。どうでも、よいのだ。私は負けたのだ。だらしがない。笑ってくれ。

王は私に、ちょっと遅れてこい、と耳打ちした。遅れたら、身代わりを殺して、私を助けてくれると約束した。私は王の卑劣を憎んだ。けれども、いまとなってみると、私は王の言うままになっている。私は遅れていくだろう。王は、独り合点して、私を笑い、そうして事もなく私を放免するだろう。そうなったら、私は死ぬよりもつらい。私は永遠に裏切り者だ。地上で最も不名誉な人種だ。セリヌンティウスよ、私も死ぬぞ。お前と一緒に死なせてくれ。お前だけは私を信じてくれるに違いあるまい。いや、それも私の独りよがりか。他人に、死ぬな、と偉そうに説教をしておきながら、ここで死ぬは、ただの逃避に過ぎぬ。

ああ、もういっそ、悪徳者として生き延びてやろうか。村には、私の家がある。羊もいる。妹夫婦は、私を村から追い出すようなことはせぬだろう。正義だの、信実だの、愛だの、考えてみれば、くだらない。人を殺して自分が生きる。それが人間世界の定法ではなかったか。ああ、なにもかも馬鹿ばかしい。私は醜い裏切り者だ。どうとも勝手にするがよい。やんぬるかな――。

メロスは、四肢を投げ出して、うとうと、まどろんでしまった。

——まずい、やらかしてしまった。

——それより水だ、いまは水が必要だ。

まどろみの中、四日前の、いや、正確には三日前の未明のことが、朧げに脳裏に浮かび上がった。シラクスの王城から噴水方面に向けて駈けている記憶である。けれども、その記憶は、またしても明確な像を結ぶ前に消え失せてしまった。無性に喉が渇いて、まどろみから目覚めたのである。大事なことを忘れている気がする。そうは思うものの、それよりも、いまは飲むものが欲しい。

しばし喉を押さえて喘いでいると、おあつらえ向きに、潺々、水の流れる音が聞こえてきた。そっと頭をもたげ、息を呑んで、音の出どころを求めて耳を澄ます。どうやら、すぐ足下で水が流れているらしい。よろよろ起き上がって、見ると、岩の裂け目から滾々と、何か小さく囁きながら、清水が湧き出ていた。

その泉に吸い込まれるようにメロスは身を屈めた。水を両手で掬って、一口、飲んだ。ほうと長い溜め息が出て、ようやく、すっきり夢から覚めたような気がした。

元気百倍。これで歩ける。行こう。

肉体の疲労恢復と共に、わずかながら希望が生まれた。義務遂行の希望である。我が身を殺して、名誉を守る希望である。太陽は眩い光を木々の葉に投じ、葉も枝も輝いている。日没までには、まだまだ間がある。

私を、待っている人があるのだ。

少しも疑わず、静かに期待してくれている人があるのだ。

私は信じられている。私の命などは問題ではない。死んでお詫びなどと気のよいことは言っていられぬ。私は信頼に報いなければならぬ。いまはその一事だ。

走りやがれ！　メロス！

私は信頼されている。私は信頼されている。先刻の、あの悪魔の囁きは、あれは夢だ。悪い夢だ。忘れてしまえ。五臓が疲れている時は、不意と、あんな悪い夢を見るものだ。メロス、お前の恥ではない。

お前は、真の勇者だ。再び立って走れるようになったではないか。

ありがたい。私は、正義の士として死ぬことができるぞ。

あ、待て、陽が傾く。待ってくれ、ゼウスよ。本当に待って下さい。待て。私は生まれた時から正直な男だった。正直な男のままにして、死なせて下さい。

路行く人々を押しのけ、跳ね飛ばし、メロスは、黒い風のように走った。野原の酒宴の、その真っ只中を駈け抜け、酒宴の人たちを仰天させ、犬を蹴飛ばし、小川を飛び越え、少しずつ傾いてゆく太陽の、十倍も速く走った。

そうして、一団の旅人と、さっとすれ違った瞬間、不吉な会話を小耳に挟んだ。

「いまごろは、あの石工も磔にかかっているよ……」

ああ、その石工、その石工は、我が友、セリヌンティウスに違いあるまい。

さりとて、未だ陽は高く、処刑されるには早過ぎる。ディオニス王が約束を違えたか。約束の刻限までに王城に行き着くために、いまこんなにも走っているのだ。それを無に帰す横暴を、あの王は、働こうとしているのか。

急げ、メロス。何があったか確かめるのだ。

愛と誠の力を発揮するがよい。脳のリソースを筋肉の駆動にのみ割け。二本の脚という走るための機関を、限界まで振るうのだ。呼吸もできず、二度、三度、口から血が噴き出た。しかし、そんなこと、どうでもよい。

見える。遥か向こうに小さく、シラクスの市の塔楼が見える。塔楼は、陽射しを受けて、きらきら光っている。間もなくだ。間もなく到着だ。

その時、呻くような声が風と共に聞こえた。

「ああ、メロスさま」

メロスは走りながら尋ねる。

「誰だ！」

「貴方のお友達、セリヌンティウスさまの、弟子でございます」

　その若き石工は自己紹介を終えると、メロスの後について走りながら、叫んだ。

「メロスさま！　もう、駄目でございます。無駄でございます。走るのは、やめて下さい。もう、あの方をお助けになることはできません！」

「まだ陽は沈まぬではないか！　何があったのだ！」

「ちょうどいま、あの方が死刑になるところです。ああ、あなたは遅かった。お恨み申します。ほんの少し、もうちょっとでも、早かったなら！」

「いや、だから、まだ陽は沈まぬではないか！　何があったのだ！」

　メロスは胸の張り裂ける想いで、前方を見つめながら、重ねて尋ねた。

「やめて下さい。走るのは、やめて下さい。いまはご自分のお命が大事です！」

「だから、まずは状況を教えたまえ！」

「あの方は、いつだって貴方を信じておりました。そのような方ですから、牢獄においても、王様にからかわれても、きっと強い信念を持ち続けて、貴方のことを想っていたことでしょう。メロスは来ます、とでも言っていたに違いありませぬ！」

「それだから、状況を教えろと言っているのだ！」

「貴方を想うがあまり、おそらく、ああ、あのようなことを！」

「もう、匂わせは、いらぬ！　早く何があったか言え！」

メロスは走りながらも、見せびらかすように、強く拳を握り締めた。

するとようやく若き石工は、やめて下さい、と怯えつつ、事情を語り始めた。

「あの方は、ディオニス王の側近を殺めたのです——」

昨日、日暮のころのことである。王城の謁見の間において、殺人事件が起こったらしい。玉座の上で、王の臣下ダモクレスが、王の衣服をまとった状態で、胸に剣を突き立てられて死んでいたのである。その容疑者として、セリヌンティウスは捕縛された。彼は城内を自由に歩くことを許されていたのであった。結果、メロスの到着を待たずして、彼の処刑が、敢行されることとなったそうである。

話を聞き終えたメロスは、力の限りに叫ぶ。

「私ならばともかく、あの聡明なセリヌンティウスが、人を殺すとは思えぬ！　佳き友は私を信じていることだろう。同様に、私は友を信じる！」

「いずれにしましても、もう、間に合いませぬ！」

「いや、間に合う間に合わぬは、問題ではないのだ。殺人事件も問題でないのだ。私は、なんだか、もっと恐ろしく大きいもののために走るのだ！」

「ああ、あなたは気が狂ったか、それでは、うんと走るがよい。ひょっとしたら、間に合わぬものでもない。走るがよい！」

言うにや及ぶ。未だ陽は高い。王よ、交わした約束は守ってもらおうぞ。

死力を尽くしてメロスは走った。メロスの頭は空っぽである。脳のリソースも、血液も、全てが筋肉に持っていかれて、何一つ考えられぬ。ただ、わけの分からぬ大きな力に引きずられて走った。太陽は傾き、いよいよ赤みを帯びてきて、あと一ときもすれば消えるであろう時、メロスは疾風の如く、広場に突入した。

かつて、全裸の逞しい男たちが、むんむんと集っていた広場である。三日前には何もない広場であったが、いまは礫の柱が高々と立てられ、周りを市民が取り囲んでいる。メロスはそれを目撃して、

「待て。私は帰ってきた。約束のとおり、いま、帰ってきた」

大声で群衆に向かって叫んだつもりであったが、喉が潰れて、しわがれた声が微かに出たばかり。群衆は、一人としてメロスの到着に気付かぬ。

そこで、濁流を泳いだ時のように、群衆を掻きわけ、掻きわけ、突き進んだ。ところが、礫の柱の付近には、セリヌンティウスの姿がなかった。

となれば、佳き友は、未だ、王城の牢獄にいるに違いあるまい。

メロスは再び群衆を掻きわけて、掻きわけて、急ぎ、王城を目指す。そうして、ついに行き着いた。衛兵の制止を振り払い、城門をくぐり、外庭を抜け、さらに幾つもの扉を抜けて、威風堂々、謁見の間に足を踏み入れたのである。

「私だ、ディオニス王！　殺されるのは、私だ。メロスだ。セリヌンティウスを人質

にした私は、ここにいる！」

掠れた声で精一杯に叫んだ。部屋に詰めていた警吏たちが、どよめく。

謁見の間には、相も変わらず、筋骨隆々とした等身大の石像が並んでいる。その石像を横目に、細長い部屋を奥に向かって、堂々、歩く。

最奥の玉座に座する暴君は、肘掛けに頬杖をつき、眉間に、小銭でも差し込められそうなほど、深い皺を刻ませていた。

メロスは玉座の前で跪いて、いま一度、王に向かって訴える。

「私は間に合った。どうか、我が友をお救い下さい」

けれども王は首を振る。

「ならぬ。あの男は、わしの臣下を殺したのだ」

「何かの間違いです。セリヌンティウスは人を殺すような男ではない」

「だが、実際に、わしの側近ダモクレスは死んでいる！」

空気を震わす低声は辺りを静寂に塗り替えた。細身の体格とはいえ、さすがは一国の王、凄まじい迫力。それでも、メロスは怯まなかった。

「ならば、別の真犯人がいるのです！」

断言すると、王は、そっとほくそ笑んだ。

「面白い。では、お前が、その真犯人とやらを見つけてみよ」

またも事件解決に奔走するのか、とメロスは思った。よくよく私も不幸な男だ。しかし、今回ばかりは、逃げることの許されぬ、佳き友のための闘争。

「必ずや、セリヌンティウスの無実の罪を晴らしましょう」

言い切った時、背後から、しわがれた声。

「所詮は悪あがき。犯人はセリヌンティウス以外にない」

そこには髭をたくわえた老齢の男がいた。哲人プラトンである。

メロスは反駁を加えようとしたが、それより先にディオニスが口を挟む。

「プラトンよ。これは余興じゃ」

余裕に振る舞う王とは異なり、プラトンは、歩きながら険しい顔で、

「我が王よ。邪な此奴は企みを抱いております。いるはずもない犯人を捜す振りを続けて、あの石工の延命をしようとしているのです」

「なるほど、その可能性は考えられるな」

「ご理解いただけたならば、即刻、処刑を執り行ないましょうぞ」

「待て、ならば、こうしようではないか……」

そう言って、ディオニスは、メロスに残虐な微笑を見せた。

「メロスよ、期限は日没までじゃ。日没までに真犯人とやらを見つけられねば、あの男を殺す。ついでに、わしの手を煩わせた、お前も殺す」

日没までは、もはや、一ときもない。なんという理不尽な条件。とはいえ、ここで提案を跳ね飛ばせば、すぐにでも処刑は敢行される。

メロスは力強く肯いた。

「承知した。日没までに真犯人を縛り上げ、信ずる心の偉大さを示しましょう！」

プラトンが、王の傍らに立ち、こちらを見下ろす。そうして密かに、ぞっとするほどの、薄気味の悪い笑みを浮かべた。まるで悪事を成功たらしめたかのよう。

その顔を見て、メロスは気になることを思い出した。

「ディオニス王よ、捜査の前に一つお尋ねしたいことがある。この三日の間、警吏たちに、私の妨害を望みましたでしょうか」

尋ねると、ディオニスは、不思議そうに首を傾げた。

「馬鹿を言うわい。そのような興の醒めることをするはずがなかろう」

けれども実際には、プラトンに命じられて、警吏たちは妨害を企てていた。王がそのことを知らぬということは、完全なるプラトンの独断。

「お答え下さり、ありがとうございます」

メロスは小さく頭を下げてから、きっとプラトンを睨んだ。

プラトンは、声こそ出さぬものの、ますます口角を引き上げて、嘲笑の色を濃くした。メロスは邪悪に対して人一倍に敏感であった。この男だ。この男が、何かを仕組んだのだろう。この男が王の側近ダモクレスの殺害に関与しているのだろう。

この男、プラトンが最も怪しい——。

さあ、突然であるが、賢明なる読者諸氏に、ここで宣言しよう。この物語の黒幕は哲人プラトンである。疑いなさるな、捻くれたメタトリックで騙す気はあらず、嘘偽りなく、正真正銘、プラトンが犯人なのである。史実によれば、紀元前三六〇年、プラトンはディオニスの命によってシラクスに幽閉される。つまり結末は確定しているのである。その上で、どのようにして殺人を実行したのか、その推理に、メロスと共に挑戦してもらいたい。すなわち、これは、
ハウダニットミステリー、加えて、読者への挑戦である——。

さっそくメロスは立ち上がった。

時間がない。すぐにでも捜査を開始しなければならぬ。迷いは無し。もう、推理ならば慣れている。ここに至るまでの幾つもの事件は、この瞬間のために、神々が与えたもうた試練なのであろう。ありがたい。お陰で速やかに行動できそうだ。さあ、電光石火の推理劇を、ご覧にいれようではないか。

まずは聞き込みが肝要。メロスは、若き石工から聞いた話を思い出しつつ、軽く断りを入れてから、王に対して詳細を尋ねることにした。

「王よ。なぜ、セリヌンティウスが犯人だと思われるのでしょう」

ところが、その問いに答えたのはプラトンであった。

「王が答えるまでもあるまい。私が説明しよう――」

昨日の夕刻、陽が陰って城内が薄闇に呑まれたころのことである。この謁見の間で側近ダモクレスは殺された。その時刻、現場では、ダモクレスが王のローブや冠といった装飾品の片付けを行なっていた。すでに衛兵を含む他の臣下たちは、使用人部屋に戻っていて、相互監視の状況にあったがゆえにアリバイがある。夕刻の番を務めていた二名の門衛の話によれば、そのころに城に出入りした者はいない。結果、城内を一人で自由に歩くことのできたセリヌンティウスが犯人とされたのである。

話を聞き終えたメロスは、改めてディオニスのことを見た。

「以上の話に相違はありませぬでしょうか」

ディオニスは面倒臭そうに、

「ないな。プラトンの言うとおりだ」

「では、お聞きしたい。囚われの身のはずであるセリヌンティウスは、なぜ、城内を自由に歩き回れたのでしょう」

そう尋ねると、またもやプラトンが割って入ってこようとした。けれども、そんな彼のことをディオニスは手で制し、機嫌よく、自ら問いに答えた。

「石像じゃ」

「石像、ですか？」

「そうだ。石像じゃ。聞けば、セリヌンティウスは優秀な石工だそうではないか。わしは自分の肖像を職人に彫らせるのが趣味でな、あの男に、三日のうちに石像を彫るよう命じたのだ。代わりに、城内での自由を与えた」

「いまも彼は牢獄で彫っているのでしょうか」

「いいや、いまは彫っていない。おおむね作業はわしの居室で行なわせていた。肖像を彫らせる時には、わしは職人の前にモデルとして立つことにしている。お陰で、どうだ、どの石像もわしにそっくりだろう？」

王は部屋の壁際に並ぶ半裸の石像を手で示した。確かに、顔は、よく似ている。けれども体格は全く異なる。先日も思ったことであるが、石像は、いずれも、恐ろしいほど逞しい体格をしていた。マッチョ、マッチョ、とても、マッチョである。

「ああ、悧巧そうな顔が王にそっくりだ。さておき、石像を彫っていないということは、我が友は、牢獄で暇をしていることでしょう。そこで、お願いがあります。いますぐセリヌンティウスに逢わせていただきたい」

懇願すると、機嫌よさそうにしていた王は、途端に顔を曇らせた。

「それは、ならぬ。勘違いをするな、メロスよ。わしは、あの男が犯人だと考えておる。自由に動けるよう恩情をかけた結果、わしの側近は殺された。無実を証明できぬ限り、檻（おり）から出すつもりはない。なにより、お前は、お前自身の力で、真犯人を見つけるのだろう？　友人に頼ろうとするな」

メロスは地団駄を踏んだ。けれども、すぐに気を取り直し、

「承知しました。では、他の証人への尋問を許可願いたい。まずは第一発見者に話を聞きたいです。いったい、誰が、ダモクレスの亡骸（なきがら）を見つけたのでしょう」

言うと、ディオニスは顎（あご）をしゃくった。

指示を察したプラトンが、さっそく警吏に命じる。

「彼奴（あやつ）を連れてまいれ」

しばらく経って、連れてこられたのは体格のよい若者であった。

「私が、見たのです……」

その若者、門衛を務めるミタンデス。三日前に起こった城門前での殺人事件においても目撃者であった若者である。

「またもや、お前か」

「ああ、正義の人、いいえ、いまは元正義の人、あるいは不審者、そうお呼びしたほうがよいでしょうか。本当に戻ってきたのですね、律義な人だ」

「そんなことはどうでもよい。時間がない。すぐ発見時のことを教えてくれたまえ」

ミタンデスは肯いた。

「昨日の夕刻のことです。住み込みの門衛である私は、昼の番を終えて、使用人部屋に戻りました。食事を終えて、それから早々に眠ってしまおうと、就寝準備をしている時です。謁見の間の方角から男の悲鳴が聞こえてきました」

「ちょっと待て。つかぬことを聞くが、お前は深夜の番の担当ではないのか？」

「ええ、そうだったのですが、深夜の番を共に務めていたキラレテシスが、その、律義な人に、殺されてしまったために、見張り番のシフトが乱れ、朝も夜も関係なく仕事に駆りだされているのです。お陰で、ああ、なんということでしょう……」

「何かあったのだな！」

「とても眠いです」

「そうか。それは大変だな。眠いところ呼び出して申し訳ない。しかし、事は急を要する。すまぬ、説明を続けてくれ」

話の腰を折ったことを棚上げして、淡々と述べた。

彼は求めに応じて話の続きを語り始めた。

「悲鳴を聞いた私は、ただならぬ事態と考えて、この場所に馳せ参じました。陽はほとんど落ちて、玉座の傍の燭台だけが、薄ぼんやりと、室内を照らしていました。そんな部屋の中で、ダモクレスさまは、玉座の背もたれに身体を預け、心の臓に長剣を突き立てられた状態で、亡くなっていたのです」

「その証言が、真実であると、証明できる者はいるのか？」

「ええ、第一発見者とは言いましても、それはタッチの差でして、城内に響き渡ったダモクレスさまの悲鳴は、使用人の全員が聞いています。たまたま私が少しばかり現場に到着するのが早かっただけで、事件直後、城内に住まう者の全てが、この謁見の間に集合していました。たった一人の人物を除いては……」

そのたった一人の人物とは、セリヌンティウスのことであろう。となれば、ディオニス王も現場に集合していたはず。

メロスは横を向き、改めて玉座に視線を定めた。

「ディオニス王、貴方も、事件直後に、ここにいたのですか？」

問われたディオニスは余裕な素振りで、

「そうだな。ミタンデスが言っていたとおりの光景を、わしも見ている」

メロスは肯き、続いて、プラトンのことを見た。

「プラトン、お前もいたのだろうか」

「私は離れに暮している。その時刻には城にいなかった」

メロスはミタンデスのほうへ向き直る。

「ミタンデスよ、現場に着いた時に怪しい人物の姿は見なかったか？　例えば、逃げていく人影などを」

「見なかったのです。怪しい人物も、怪しい物も、ありませんでした。いつもと違っていたのは、そこにダモクレスさまの遺体があるということだけで」

「つまり、セリヌンティウスの姿も見ていまい」

「ええ、そうなのですが、同僚である夕刻の門衛の話によれば、その時刻、城に出入りした者はいません。また、私を含む使用人たちの中で、犯行時に単独行動をしていた者もいない。申し上げにくいのですが、やはり、石工の人が……」

プラトンから聞かされた話と同様の内容であった。

ミタンデスの証言が全て真実だとすると、真犯人は、なんらかのトリックを用いたか、抜け道を利用したか、城内のどこかに身を隠したか、いずれかとなる。

手間ではあるが、一つひとつについて精査しなければならぬ。まずは、仮にトリックを用いたとした場合。その場合、相応の仕込みが必要となるゆえ、犯行前に真犯人は現場にいたはずである。

「事件が発覚する前、そうだな、ダモクレスの姿を最後に見たのは、誰なのだ？」

そう疑問を口にすると、ディオニスが、わしじゃ、と言った。

「……おそらくだが、わしが最後に側近の姿を見た」

「いつ、どこで、見たのでしょうか？」

「事件の少しく前、この謁見の間でだ。執務を終えて居室に戻る時に、ローブや冠などをそこらに放った。それらを、いつものように、整えておくよう命じたのだ」

「他に誰かいませんでしたか？」

「いなかったな。他の小間使いたちは使用人部屋に戻っていた」

この話も、プラトンから聞いた話と同様であった。

進展は無し。しかし、気落ちせずに、さらにミタンデスに質問する。

「ミタンデスよ、お前は昼の間、門を守っていたのだろう？　事件が起こるよりも幾ときか前に、城に入った不審な者はなかったか？」

彼は、宙に視線を彷徨（さまよ）わせて、たどたどしく再び話し始めた。

「不審な人の、心当りは、ないです。そもそも、日中も人の出入りは少なかったのです。多くの市民がそうであるように、政治に携わる人々も、日の出と共に仕事を始めて、日の入りのころには、酒宴でもない限り、就寝の仕度をします。それゆえ、人の出入りは午前中に集中しているのです」

メロスは、なるほど、と一つ洩（も）らしてから、眼を細めてミタンデスを見据えた。

「参考までに聞くが、教育係のプラトンは、昨日、入城したか？」

その問いに答えたのは、ミタンデスではなく、プラトン本人であった。

「もちろん私は昨日も城に来た。ただ、午前中の間だけだ。使用人たちにも聞いてみるがよい。昨日の昼から今朝までの間、私は城にいなかった」

微かに引っ掛かる。

「プラトンよ、今朝まで城にいなかったということは、ひょっとして、ダモクレスが殺されたということを知ったのは、今日の朝ということか？」

「ああ、その通りだ」

「事件が起こったのは昨日の夕刻だぞ？」

「それがどうした。私は、警吏へ指示を出す権限を与えられてはいるものの、あくまで王の教育係だ。事件が起こったとて、わざわざ呼び出されたりはせぬ」

メロスは短く唸る。

「城にいない間、プラトン、お前は何をしていた」

「先刻も言ったが、離れにいた」

「一人でか？」

「当りまえだ。独り身の者ならば、通常、一人でいる。貴様はシラクスに暮す者たち一人ひとりにアリバイを聞くつもりなのか？　日が暮れるぞ」

メロスは、鼻を鳴らしてプラトンの言葉を聞き流し、再び唸り、しばし考えを巡らせてから、次の行動へ移ることにした。

「ディオニス王、事件のあらましは理解しました。これから私は、城内を捜索させていただきたいと思います。よろしいですね」

「勝手にするがよい。ただ、期限を過ぎればどうなるかは、分かっておるな」

メロスは力強く肯いて、玉座の前から離れようとした。ところが、

「待て！」

そう言ったのはプラトンである。

メロスは、警戒しつつも速やかに振り返り、挑むような眼で、

「何用だ、プラトン」

「貴様のような殺人犯を自由にすれば、何をされるか、分かったものではない。そこで、監視役の警吏をつけさせてもらおう」

プラトンが指示を出すと、一人の甲冑（かっちゅう）をまとった男が近寄ってきた。

「また逢（あ）ったな、正義の人よ。いや、いまは元正義の人、あるいは不審者、そう呼んだほうがよいだろうか。本当に戻ってくるとは、律義な人とも言える」

その男は、三日前に共に捜査を行なった、指揮官と思（おぼ）しき警吏であった。

メロスは肩をすくめる。

「私にやましいことはない。監視役がいても困らぬ。むしろ、城内の案内役になってもらえるので助かるくらいだ」

そう強気に言うと、未（いま）だ傍らにいたミタンデスが手をあげた。

「警吏さんは宿舎住まいです。案内ということならば、この王城に暮している私のほ

うが適任でしょう。お二人と共に行きます」

プラトンは、一瞬だけ忌々しげな顔をしたが、ミタンデスの同行を黙認した。

ディオニスも、何も言わずに、奥の部屋へ去る。

メロスは、警吏とミタンデスを引き連れて謁見の間を辞した。

この三人で事件を追うとは、まるで、三日前の捜査の再来である。三日前の城門前での殺人事件はメロス自身が犯人であった。思えば、あの事件によって、一介の牧人に過ぎぬメロスの運命は、大きく捻じ曲がってしまった。さりとて、今日の太陽が地平の向こうに消えるまでには、全ての片がつくはずである。

私は、佳き友を救うのだ。そうして私は、私は、笑って磔の台に上るのだ。

後ろ向きで前向きな、義務遂行の希望を抱きつつ、メロスは捜索を開始した。

シラクスの王城は、広くはあるものの、間取り自体は非常にシンプルであった。

青銅製の城門を抜け、何もない外庭を少しく進めば、正面入口となる。入口の扉を抜けると、広々とした廊下になっていて、直進すれば中庭、左に折れれば謁見の間へと通じている。城壁も含め壁は全て石で作られているがゆえに、泥レンガ製の壁のように簡単には崩せそうにない。正面入口以外からの侵入は不可能であろう。

メロスは、廊下を歩きながら自問した。

「賊が正面入口から侵入したとして、謁見の間へ行くルートは二つか……」

改めて謁見の間に入る。細長い部屋の最奥には王の居室に通ずる扉があり、その手前に立派な玉座が置かれている。玉座に向かって左側は何もない壁で、壁沿いには逞(たくま)しい石像が並んでいる。対して向かって右側は、壁の一部が取り払われていて、シームレスに中庭に繋(つな)がっている。つまり、訪問者がこの部屋に入るには、廊下か中庭の、いずれかを通る必要がある。

「王の居室への扉も含めれば、四面のうち出入口がないのは左側の壁のみか……」

石像の前で呟(つぶや)くと、監視役の警吏が深く肯(うなず)いた。

「出入口がないからこそ、この壁に沿って石像は並べられているのだ」

「石像のために出入口を排したわけではないということだな？」

「そうだな。ディオニスさまが即位されてから石像は置かれるようになった。次第に増えていって、いまでは数え切れぬほどの量だ。素晴らしい。荘厳だ」

どこまで本心か分かったものではない。おそらく警吏は、隣の居室に王が控えているため、気を遣っているのであろう。

「それにしても、この石像は、顔はともかく、体格は王に似ても似つかぬな。ディオニス王は華奢(きゃしゃ)だというのに、石像は恐ろしいほど逞しい」

「私は、似ていると、思っている。それを踏まえた上での話だが、石像の体格は先代の王に倣ったものだろう。ディオニスさまは、お父上を尊敬されていた」

あの暴君も他人を尊敬することがあるのだと、メロスは感心して幾度も肯いた。

捜索を続ける。謁見の間以外の施設は、中庭を中心に配されていた。

数十坪はある中庭の周囲には円柱状の柱が並び、軒が設えられていて、軒の下は廊下になっている。いわゆる、開放廊下というものである。その開放廊下には幾つもの扉があり、貯蔵庫や台所など雑多な部屋を除けば、主要な施設は四つ。一つはミタンデスたちが住まう男部屋、一つは女中たちが住まう女部屋、一つは官職に就く者たちが詰める執務室、そうして残る一つが、牢獄であった。

牢獄の扉の前には若き警吏が見張りとして立っていた。中庭に赴いたメロスは、その扉を見つめ、誰に言うでもなく呟く。

「牢獄に入れぬだろうか……」

すると、傍らに立つ警吏が、呆れたように長く息を吐いた。

「やめておけ。友人には逢わせぬと言われているのだ。命に背けば、すぐにでも処刑されるぞ。その上、監視を任されている私もただでは済まぬ」

警吏の言うとおりであった。いま、ディオニス王の機嫌を損ねる行為をすれば、どんな仕打ちを受けるか知れたものではない。

不本意ながらもメロスは肯いて、改めて牢獄の扉を見つめた。

「そういえば警吏よ。昨日、私の故郷の村でも殺人事件が起こったのだ。その犯人であるコトダロスという若き大工は、警吏に連れられていったので投獄されているはずなのだが、ここの牢獄にいるのだろうか？」

「いや、ここにはいない。ここの牢獄は懲罰房のようなものだ。ディオニスさまの気に障った者を閉じ込めるために使われている。巷で殺人を犯した者ならば、王の耳に収監されているだろう」

「王の耳？　なんだそれは」

「半里ほど離れた場所にある牢獄の通称だ。石切り場を改修して造られた牢獄で、入口が耳のような形をしている。また、ディオニスさまが囚人同士の会話を盗み聞きできるよう音が反響しやすくなっているため、王の耳と呼ばれているのだ」

王の耳、正しくはディォニュシオスの耳と呼ばれる牢獄は、二十一世紀現在においても残されている。もしシケリア島に旅行に行ったならば、是非とも立ち寄って欲しい。そうして、収監されていたであろうコトダロスに想いを馳せていただきたい。

閑話休題、警吏の話を聞き終えたメロスは、鼻で笑った。

「懲罰房を用意したり、囚人の会話を盗み聞いたり、あの王は常軌を逸している」

警吏は、気まずそうに口を結んだ。

代わりにミタンデスが、辺りを憚りながら、

「ディオニスさまは昔から疑い深いお方なのです。しかし、以前はこれほどまででは

なかった。最近の振る舞いといったら……」

ふと、かつてセリヌンティウスの家で交わした会話を思い出す。

「プラトンが教育係になってから酷くなったのだな？」

言うと、二人は同時に肯いた。続けてミタンデスが言う。

「頭の悪い私にはよく分からぬ話なのですが、プラトンさまが言うには、この世には善のイデアという正しさの指標があって、独裁者がその正しさに従って国を運営さえすれば、理想国家が出来上がるそうなのです」

「お前たちは、いまの状況が、理想に近付いていると思っているのか？」

そう問うても、二人は気まずそうに顔をしかめるばかりで、返事はなかった。

微かに漂う居た堪れない空気の中、再びミタンデスが話し始める。

「ディオニスさまは、ディオニスさまなりに、平和を望んでいらっしゃいます。そのために悪徳者を排除しているのです」

メロスは反駁しようとした。けれども、それより先に警吏が割って入る。

「この中庭と謁見の間には隔てる壁が無いのだ。このような話はやめておこう……」

彼は、一つ深呼吸して、すぐ言葉を継いだ。

「なにより、いまは捜索中だ。次はどこを調べるのだ、律義な人よ」

雰囲気にほだされて、警吏は、捜査に積極的になっていたのであった。

問われたメロスは、短い逡巡の後に疑問を口にする。

「ダモクレスの亡骸は、すでに埋葬したのか？」

その問いに答えるはミタンデス。

「いいえ、執務室に安置されています。王の側近ということで、街をあげてのイベントが予定されていまして、本日は見せしめに犯人を広場で磔刑に処し、明日は謁見の間で国葬を行なう手筈です。埋葬は明後日ですね」

「その亡骸を調べることはできるだろうか」

「未だ女中たちは遺体を清めていませんから、はい、調査は可能かと」

メロスたちは、さっそく執務室へと向かった。

執務室には架台が置かれ、そこにダモクレスの亡骸は載せられていた。殺害された時の衣服のままらしく、真紅のローブを羽織り、華やかな冠を被っている。さすがに胸から剣は引き抜かれているが、事件の様相を察するには十分な状態であった。

傷痕を観察する。一突きである。他に外傷がないことから、犯人は、相当な手練れであったと思われる。それにしても、

「なぜ、ダモクレスは、王の衣服を着ているのだ……」

呟くと、警吏もミタンデスも、訳知り顔で苦笑いした。

「なんだその顔は。知っていることがあるなら、さっさと言え」

語勢を強めて問いつめると、ミタンデスが呆れ気味に、

「実は、ダモクレスさまは、王の立場を、羨んでいたのです」

「分かった。謁見の間で一人になった時に、王様ごっこをしていたのだな？」

「ええ、そうだと思います」

事件直前の状況を想像してみる。ダモクレスは、放っておかれた王のローブを羽織り、王の冠を被り、そうして玉座に座った。ひょっとしたら、ディオニス王の物真似もしていたかも知れぬ。そうすると、ある可能性が浮かぶ。

「犯人は、ディオニス王を殺そうとしたが、薄闇によって人相が分からず、誤ってダモクレスを殺してしまったのか」

メロスは確信した。けれども、ミタンデスが浮かない顔して首を傾げた。

「ターゲットを間違えますでしょうか……」

「どういうことだ？」

「確かに、遺体を発見した時には、薄暗くなってはいましたが、空には未だ陽が残っていた時刻です。犯行の直前まで部屋は明るかったはずなのです」

「では、暗くなり始めてから謁見の間に突入し、すぐさま殺害したのだろう。それならば悲鳴の説明もつく。賊が入ってきた時にダモクレスは叫んだのだ」

言っても、ミタンデスは釈然としない様子であった。

気持ちは理解できる。王が在室しているかどうかも分からぬ部屋に突入して、本人確認もせずに殺害するとは、暗殺計画としては杜撰が過ぎる。さりとて、いまある情報のみでは、これ以上の仮説は立てようがない。

メロスは気持ちを切り替えて、改めて亡骸の観察を始めた。

亡骸の傍らには、長剣が置かれていた。

「この長剣が凶器か？」

聞くと、警吏が深く肯いた。

「その通りだ。遺体を運ぶ際に引き抜いただけで、血もぬぐわずに、事件当時のままここに置いてある」

「この長剣の所有者は誰なのか分からぬのか？」

「その剣は警吏や衛兵に与えられている量産品だ。警吏の詰め所や、王城ならば、誰でもすぐ手に入れられる。所有者も使用者も特定できぬ」

当然ながら、この時代には、指紋採取の技術は確立していない。

「凶器から犯人へ迫ることは不可能か……」

落胆の溜め息をつく。

すると、ミタンデスが何かを思い出したように、一つ手を叩いた。

「ああ、その剣は、玉座の近くに立てかけられていたものです」

「この城にはそういう文化があるのか？」

「いいえ、幾日か前に、ディオニスさまが、ダモクレスさまに対して悪戯をされたのです。いわゆるドッキリというものです。その時に使った剣です」

「いたずら？　すまぬ、話の全容が摑めぬ。詳しく説明してくれたまえ」

ミタンデスは、軽く咳払いをして、語り始めた。

「ダモクレスさまは、先刻も言ったとおり、王の立場を羨んでいました。そのことはディオニスさまもご存じでして、ダモクレスさまに、玉座に座ってみるか、と提案を持ちかけたのです。ダモクレスさまは喜んで座りました。ところが、玉座の真上には、あらかじめ天井から、か細い糸で、刃を下に向けた長剣が吊るされていたのです。それこそ、いまにも落ちてきそうな状態で」

「悪戯の度が過ぎる。下手すれば死人が出るではないか」

「玉座に就く者は、栄華を誇るだけでなく、常に命の危機に晒されているのだということを、ディオニスさまは伝えたかったのでしょう。その悪戯が行なわれて以降、ダモクレスさまへの戒めとして、玉座の脇に剣が置かれたままだったのです」

故事「ダモクレスの剣」である。シラクスの暴君として知られるディオニュシオスには、一世のものか、二世のものか判然としていないが、多くの逸話が残されている。囚人の会話を盗み聞くための牢獄を造ったとか、自作のポエムを貶した者を投獄したとか、王の喉元に剃刀をあてたと自慢していた理髪師を処刑したとか、ろくでもない話ばかりの中、最も有名なものが「ダモクレスの剣」であった。話の内容は、ミタンデスが説明したとおりで、王者の恍惚と不安を説いたものとなっている。教訓を含む諺として欧米圏では広く知られていて、二十世紀の米国大統領ケネディが、国連演説の際に例え話として引用したほどである。

「ダモクレスへの冷やかしとして剣が置かれていたか……」

「いいえ、冷やかしではなく、戒めです」

「そんなことは、どちらでもよいではないか！　とにかく、玉座の近くに長剣は置かれていた。そのことを知っていた者は、どれだけいるのだ？」

「ディオニスさまのお側で仕える者たちは、全員、知っていたと思います」

　またしても犯人の特定は不可能。

　引き続き亡骸の検分をしたが、結局、有力な手掛かりは得られなかった。

　肩を落として執務室を辞したメロスたちは、それから、再び城中を捜索した。あわよくば賊が出入りできる抜け道が見つかるかも知れぬ。そう期待をしたが、さすがは堅牢な城、人が通れる穴も、からくりも、どこにもなかった。

「抜け道がないならば、犯人は犯行前後に身を隠していたのかも知れぬな」

　呟くと、警吏がゆっくり首を左右に振った。

「事件が発覚した直後、私たち警吏は城に呼び出されて城内を隈なく捜索した。鼠一匹も逃さぬほど念入りに調べたが、残念だが、賊はいなかった」

メロスは口を閉ざした。返す言葉が浮かばぬ。

陽はますます傾き、空は薄紫色に染まっていた。期限が迫っている。メロスは中庭の草むらに立ち尽くし、焦燥を嚙み締めた。

人のよいミタンデスも、メロスと同じように苦々しい表情を浮かべる。

「やはり石工の人にしか犯行は無理だと思います。犯人は、突如として現れ、突如として消えています。石工の人ならば、牢獄を発って謁見の間に侵入し、ひと息で殺害して、すぐ牢獄に戻ることが可能です。その仮説が最も単純明快でしょう」

そのようなことは言われなくとも分かっている。

外部からの侵入も、身を隠すことも、どちらも不可能だったのであれば、少なくともプラトンが怪しいという考えは、見当違いだったのかも知れぬ。さりとて、あのインテリジェントなセリヌンティウスが、人を殺すような粗暴な罪を犯すとは思えぬのだ。信ずる心が、佳き友は犯人ではないと叫ぶのだ。

メロスは考えを巡らせて、そうして、ある可能性に行き着いた。

「我が友以外にも、犯行時に、城内で一人だった者がいる……」

警吏とミタンデスがメロスの顔を見つめる。続く言葉を待っているようである。

期待に応えて、メロスは低い声で告げた。

「ディオニス王だ」

すると警吏が呆れたように、

「馬鹿な。つまらぬ冗談はよせ」

「冗談ではない。ディオニス王は、ダモクレスの姿を最後に見ている。その上、犯行時には謁見の間の隣にある居室にいた。最も犯行が容易ではないか」

「それはそうだが、ディオニスさまは真犯人を見つけてみよと言った本人だぞ。なにより、誰のことをも気紛れに処刑できるのだ、隠蔽なぞする必要がない」

「悪戯だ」

「悪戯だと？」

「そうだ、悪戯だ。私への嫌がらせのために茶番を仕掛けてきたのかも知れぬ」

言い切ると、警吏は、腕を組んで唸り声をあげた。

「ううむ、認めたくはないが、それは否定できぬ……しかし、それが真相だとしたら手の打ちようがない。真犯人を見つけられねば、お前たちは処刑だ。ディオニスさまに疑いをかけても、おそらく処刑だ。何をしても結果が変わらぬ」

言われても、メロスは、迷わず首を横に振った。

「いや、もはや、処刑されるか否かは、どうでもよい。信実の存するところを示せればよいのだ。信ずる友は犯人ではないと証明できればよいのだ」

静寂が降りた。誰もが、身動き一つせず、黙り込んだ。

しばらく経って、初めに動いたのは警吏であった。警吏は、深く肯いて、それから剣の柄を握り締めた。

「よかろう、律義な人よ。我が王の取り調べを行なおう。だが、あまりにもディオニスさまに対して無礼であると判断したら、私は迷わず、お前を斬る」

メロスも深く肯く。

「望むところだ。それでは、王の居室へ向かおうぞ」

宣言すると、警吏は、ちょっと待ってくれ、と言ってミタンデスを見た。

「ミタンデスよ、王の気難しさは分かっているな。お前は、中庭で待っていろ」

若きミタンデスは、ものも言わず肯いた。

そうして、メロスと警吏は、二人で王の居室を訪ねた。

日頃から身の回りの世話のために使用人たちが出入りしている部屋である。ディオニスは、躊躇うことなく、二人を迎え入れてくれた。

入室して、まず周囲を観察する。その居室には、大きな寝台と、装飾の施された椅子など、豪勢な調度品が幾つも置かれていた。そんな中、一つだけ異質な物体があった。背丈よりも大きな、白い石塊である。

「ディオニス王、これは？」

恐るおそる尋ねると、寝椅子に横たわるディオニスは、機嫌よく笑った。

「肖像のための石灰石じゃ。切り出したものをここに運ばせた」

この時代、石像の主な素材は大理石であった。ただし、それはアテナイでの話。アテナイの近くには、ペンテリコ山やパロス島といった、良質な大理石の産地があったのである。それに対してシケリア島には、大理石の鉱山がなかった。それゆえ石像には、いわゆる白亜、すなわち石灰石が用いられていたのである。

「肖像というと、囚われのセリヌンティウスに彫らせていたものですか？」

「ああ、その通りだ」

「しかし、この石塊には、未だ手が加えられていない」

石灰石の塊は綺麗な直方体であった。セリヌンティウスが人質となって三日、昨日の夕刻以降は拘束されているとはいえ、二日間は作業できたはずである。

「……残念じゃ。さすがの名工も、処刑されるやも知れぬという状況では、創作に手がつかなかったようだ。お前のことだけを考えていたようだな」

ぼんやりと石塊を見つめながら、ディオニスは言った。

あの常に冷静な佳き友が、石も彫れぬほど、動揺するものだろうか。少しく疑問に思って黙っていると、ディオニスが鋭い眼をこちらに向けてきた。

「して、メロスよ。石像の話を聞きにきたわけではあるまい。何用じゃ？」

問われて、メロスは本来の目的を思い出した。

「ディオニス王にお尋ねしたい。殺人事件の前後は何をしていましたか？」

「先刻も言ったとおりじゃ。事件の少しく前は執務を行なっていた。その後、雑用をダモクレスに任せ、わしは居室に入った」

「それを証明できる者はおりますでしょうか？」

「そのようなことを聞いてどうする、と突っぱねてもよいのだが、せっかくだから教えてやろう。証人はいる。お前の友人、石工じゃ」

「セリヌンティウスがですか？」

「ああ、そうだ。暇な時には石工と常にここにいたのだ。だが、事件が発生する直前に、あの男は、わしの眼の前から姿を消した」

その発言が本当のことであるかどうか、それを確かめるためには、

「ディオニス王、やはり、我が友に――」

と言いかけた時、傍らに立つ警吏がメロスの肩を小突いた。友人に逢いたいとは願うな、そう伝えたいようである。

メロスは歯噛みした。するとディオニスが、いやらしく笑った。

「メロスよ、わしに同じ命令を幾度もさせるなよ」

「な、何をおっしゃる。私は、我が友について質問したいと言いたかっただけです」

「ほう、何を聞きたい」

　メロスは咄嗟に適当な質問を考えた。

「……ディオニス王は、石像を彫らせる時には、モデルをしていると言っていた。つまり王が執務の時には石を彫れない。その方法では、なかなか石像は出来上がらぬように思えます。ディオニス王はお忙しいのではないですか？」

「そうでもない。重要な決定以外は臣下に任せておる。昨日も、午前にプラトンの講義を受け、昼からは石工と共に居室にいた。執務は夕刻近くの一度だけ。今日に至っては、事件の騒ぎでプラトンの講義さえなく、ほぼ居室にこもっていた」

　プラトン。プラトンが現れてから、ディオニス王は暴虐の君主と化したのだ。

「ディオニス王、プラトンの講義とは、どのような内容なのでしょう」

「愚民の操り方だ。圧政の敷き方と言ってもよい」

「遠方からの哲学者と、市民の信頼、どちらが大切なのだ」

「市民の信頼、と答えて欲しそうだな。だが、その市民とやらに、わしの父は殺された可能性が高いのだ。プラトンにしてもそうだ。あの男も、市民とやらに、敬愛する師匠ソクラテスを殺されている。だからこそ、プラトンとは馬が合う」

　根が深い問題、かつて佳き友セリヌンティウスが言っていた言葉である。疑心を抱

く に値する事情があったのである。とはいえ、市民を処刑してよい理由にはならぬ。

メロスは、もの言わず、じっとディオニスを睨んだ。

すると、ディオニスは残虐な笑みを浮かべた。

「さて、お前が聞きたいことは以上だな。次はわしから質問させてもらう」

「何を聞きたいのでしょう」

「わしには、人の腹綿の奥底が見え透いてならぬ。メロスよ、お前、わしを殺人犯だと思っているな？」

メロスは言葉を失した。畳みかけるようにディオニスは言う。

「信頼を謳っておきながら、わしの証言を信じぬとは、笑わせるわい。わしに疑いをかけて、ただで済むと思ったか！」

ディオニスは続いて傍らの警吏を睨んだ。

「警吏よ。ここに輩がいる。お前の仕事は立っているだけか？」

警吏は慌てて背筋を伸ばし、

「は、はい、ただちに、対処いたします」

そうして彼は、メロスのほうを向いて、剣の柄を握りながら囁いた。

「許せ、律義な人よ……」

一対一ならば長剣を持つ相手であろうと捻じ伏せるは容易。さりとて、ひと暴れする程度では事態は好転せぬ。かといって、佳き友を救うために敵対者を皆殺しにするのも、物理的に可能であっても、倫理的にはちょっとよろしくない。なにより、眼の前にいる警吏には、先刻、斬ってくれてもよいと、宣言したばかりなのだ。

南無三(なむさん)、ここまでか。これが定まった運命か。友よ、許してくれ。

長剣の冷たい刃(やいば)が首にあてがわれる。メロスは観念して眼を閉じた。その時、

「警吏よ、待て」

それはディオニスの声。

「ジョークじゃ。メロスよ、お前の覚悟を見たかっただけだ」

「覚悟、ですか……」

「命懸けで、わしを取り調べにきたのだろう？　その覚悟に免じて、正直に答えてやろう。わしはダモクレスを殺していない。わしがお前に捜査の機会を与えたのは、余興のためじゃ。わしが実は真犯人だったという結末では興が醒(さ)める。わしが見たいのはな、お前の綱渡りじゃ」

「綱渡り？　おっしゃる意味が分からぬ」

「瀬戸際で喘(あえ)ぐお前の姿が見たいのだ。捜査をして、結局は期限に間に合わず、信ずる力は無力だと思いながら、友人ともども処刑される姿が見たいのだ」

徹底した邪智暴虐。このディオニスという男は、そこらの小悪党とは格が違う。ま

るで王だ。いや、実際に王なのであった。

メロスはその後、曖昧な返事を、二、三して、王の居室を辞すこととなった。

監視役の警吏と共に中庭までの路をとぼとぼ歩む。危険を冒してまで王のもとへ行ったにもかかわらず、何も収穫はなかった。王は、犯人ではない。明確な無罪の証拠があるというわけではないが、それは絶対的に確信できた。

中庭に戻ると、ミタンデスが草むらで、しゃがんだり、立ち上がったりしていた。

「ミタンデス、何をしているのだ」

声をかけると、ミタンデスは慌てて恥ずかしそうに、

「ええ、ちょっと……そのようなことより、ディオニスさまは如何でしたか？」

メロスは首を振った。

「駄目だ。何も分からなかった」

「ああ、そうなのですね」

太陽はいよいよ沈みそうである。絶体絶命。いつもならば、こういう時にはイマジンティウスが現れて、ヒントを授けてくれるものだが、すぐそこに本物のセリヌンティウスがいるという意識が妄想を阻害するのか、一向に彼は姿を見せぬ。

メロスは救いを求め、闇雲に、あちこちを眺め回す。けれども、役に立ちそうなものは何もない。あるのは、草むらと、小さな池だけである。

　草むら。草むらといえば、

「ミタンデス、先刻は草むらで何をしていたのだ？」

　問われたミタンデスは、またも恥ずかしそうな顔をした。

「ああ、いえ、私も、何かお役に立ちたいと、自分なりに考えてみたのです。真犯人が隠れるとしたら、中庭の可能性が高いと思いまして」

「それで草むらに潜ってみたのか」

「ええ、しかし、猫ほどの大きさならばともかく、人は隠れられないですね」

　確かに、中庭は他の施設に比べて死角が多く、何かを隠すには適していた。木や草が大量に茂っているのである。ここまで緑の多い中庭も滅多にない。特に湿地帯の植物である葦（あし）が群生しているのは非常に珍しかった。どうやら、中心にある池の遮水性が低く、中庭全体の土が湿り気を帯びているようである。

　そのようなことを考えて、メロスは池に眼を向けた。そうして、奇妙なことに気が付いた。直径五尺ほどの小さな池、その水が真っ白に染まっていたのである。三日前のことを思い出す。この池には、透きとおった水が張られていたはずだ。

　葦と、白く染まった池。

　メロスには政治が分からぬ。哲学も分からぬ。数学も科学も分からぬ。けれども邪悪に対しては、人一倍に敏感であった。それゆえ、メロスは推理した――。

警吏とミタンデスに、メロスは真剣な顔で告げる。

「真相が分かった。いますぐ城内の者を謁見の間に集めて欲しい」

二人は大きく肯いて、さっそく走りだした。

メロスの行く末を気にしていた者が多かったのか、警吏たちが一声かけると、人々はすぐ謁見の間に集ったのであった。ディオニスもいる。プラトンもいる。そんな彼らを前にして、メロスは堂々と胸を張った。

「犯人は、城外から来た者だ」

断言すると、さっそく周囲がどよめいた。部外者の出入りはなかったやら、隠れる場所もないやらと、口々に騒ぎ始めたのである。

メロスは気にも留めず話を続ける。

「昨日、事件前後に人の出入りはなかった。しかし、午前中には多くの人が来城している。とはいえ、門の前には門衛がいて、どの時間帯であっても不審な人物は出入りできぬ。ただし、ここに盲点がある。三日前に門衛の一人が亡くなって門の番のシフトが乱れた。慣れない時間帯の守りを任されて、さらに肉体疲労も加わって、まともに門衛たちは引き継ぎを行なえていなかっただろう。つまり、城に入った者が、その後、出ていったかまでは、チェックされていない。そうだろう？」

メロスはミタンデスに視線を向けた。

「ええ、午前に入城した人が午後に退城したかまでは、把握していないですね」

彼の発言を聞いてから、メロスは皆のほうへ向き直る。

「つまりだ、昨日の朝のうちに城に入り、今日の朝に出ていく。その間、城の中で身を隠し続けていれば、誰にも気付かれずに犯行が可能だったのだ」

そこで監視役の警吏が声をあげた。

「待て。私たち警吏は隅々まで城内を捜索した。隠れている者なぞいなかった」

「ところが、隠れる場所があったのだ」

「それはいったい……」

メロスは大きく両手を広げた。

「さあ、その隠れていた場所をご覧にいれよう。皆、ついてきてくれたまえ」

そう言って、中庭に向かって歩き始める。

池のほとりに辿り着くと、メロスは身近かにある葦の茎をへし折った。高さ一間はある立派な葦である。その茎をさらに短く折って、メロスは掲げた。ちなみに、生きた葦の茎は柔軟性があり、素手で折るのは非常に困難である。メロスだから、へし折れたのである。

「犯人は、まず葦の茎を事前に用意した。この葦という植物は、茎の中が空洞になっていて、笛やペンの原材料として使われている。この茎を、口に咥えると、呼吸することのできるパイプになるのだ」

話の趣旨を未だ理解できていないからであろう、人々は戸惑っている。

メロスは先を急ぎ、足下の池を手で示す。

「次に見て欲しいのは、この池だ。分かるだろうか、白く濁っている。三日前に私がここを訪れた時には、池は透きとおっていた。ところが、いまは、水の中が見えぬほどに白く染まっている。染めたのは、犯人に違いあるまい」

大きく息を吸い、それから、声を張る。

「真犯人は、葦の茎だけを水面に出し、池の中に潜っていたのだ！」

さらに畳みかける。

「中庭と謁見の間には隔てる壁が無く、ここからでも謁見の間の様子を、微かにではあるが、確認できる。犯人は人の気配がない時に水から顔を覗かせ、タイミングを計った。そうして、ダモクレスが一人の時に殺害し、殺害後は再び池に潜った……」

メロスは話をしながら、一人の人物に歩み寄った。

「この方法は、初めに宣言したとおり、城外から来た者こそ実行可能。それこそ、プラトン、アリバイの無いお前にこそ相応しい犯行だ」

プラトンは、名指しされたにもかかわらず、澄ました顔をしていた。

「メロスよ、私を疑うには、根拠がなさ過ぎる」

「根拠なぞ、これから幾らでも出てくる」

　メロスは拳を見せつけた。

　けれども、プラトンは一切動じる様子を見せず、

「それと、その小さな池に、本当に隠れられるのか怪しいものだ」

　そう言われては引き下がるわけにいかぬ。メロスは、鼻を鳴らし、皆のほうへ向き直って、高々と宣言した。

「いまから犯人が池に隠れた方法を実演してみせよう！」

　葦の茎を懐にしまい、さっそく高く跳んで、弧を描き、頭から池に飛び込む。

　ごちんっ。

　鈍い音が響き渡った。メロスは水底に頭を打ちつけたのであった。池は、浅かったのである。すぐさま立ち上がって頭頂部を押さえる。幸い出血はしていない。強靱な肉体のお陰で無傷で済んだが、一歩間違えれば山賊ダボクデシスの如く、打撲で死んでいたであろう。なお、水への飛び込みによる頭部外傷は、実際に多く発生している事故である。よい子は決して真似をしてはいけない。

「……おのれ、プラトン！」

　周囲から、自業自得だろ、という声が相次いだ。

その非難の声の中、メロスは足下を確認した。池の深さは膝丈ほどである。これでは隠れられそうにない。

その上、追い打ちをかけるように、一人の女中が手をあげた。

「この池は生活用水として利用していまして、今日の早朝に汲みにきた時には、まだ透きとおっていました」

つまり、犯行時には白くなっていなかったのである。

溜め息の音がこだました。その音を背景に、プラトンが鼻で笑う。

「話にならんな」

彼は踵を返して謁見の間に向かった。他の者たちも彼に続く。

メロスは馬のように胴震いして、衣服に染みた水を絞り、それから、よろよろと遅れて謁見の間に戻った。

部屋に入ると、冷たい視線を浴びせられた。

玉座に座るディオニスが言う。

「メロスよ、間もなく陽が沈むぞ。まだ他の推理はあるか？」

「もうちょっと、もうちょっとだけ、お待ち下さい……」

中庭からの斜陽が謁見の間を赤く染める。太陽は、地平に半身を沈め、もはや消え入るは時間の問題。メロスは涙を浮かべて必死に考える。佳き友セリヌンティウスは決して犯人ではないのだ。打開策はあるはずなのだ。

しばし黙り込んでいると、プラトンが、長い溜め息をついた。

「ディオニス王、もう此奴は推理なぞできませぬ。余興は終わりでよいでしょう」

メロスは精一杯に叫ぶ。

「まだだ！　まだ陽は沈んでいまい！」

「もう諦めろ。いまの貴様は何もできまい」

「諦めてなるものか！　信実の柱は折れることはない！」

悲痛な叫びは空しく響く。人々は、憐みの眼をメロスに向けた。

ほうと、プラトンが再び溜め息。

「ディオニス王よ、捕らえてしまってよいですね？」

問われたディオニスは淡々と応じる。

「そうじゃなあ。つまらぬ結末であった」

王は興の醒めた顔をしていた。

プラトンが、一歩進み出て、手を振って警吏たちに指示を出す。

「さあ、警吏ども、其奴を捕らえるのだ。やれ！」

金属と金属が擦れ合う抜剣の音が複数同時に響いた。メロスは部屋の中央で、剣と盾を構える警吏たちに瞬く間に囲まれてしまった。まるで三日前の焼き直し。

メロスは同じ轍は踏むまいと、筋肉内を駆け巡る電気信号でもって次の手を模索する。先日の失敗は、侮り。包囲網の一点突破に拘って要人に狙いを定めたがゆえ、警吏たちの護衛魂に火を点けてしまった。彼らにしてみればメロスの一直線の挙動は読みやすかったことであろう。結果、全員から同時に攻撃を受けることとなった。動きを読まれてはならぬ。そのためには無軌道に徹するのだ。なにより今回の勝利条件は、前回の逃亡とは異なって、警吏たちからの戦意剝奪。動き回って一人ずつ沈めるが必須。室内を、所狭しと、縦横無尽に、嵐のように、駆け続けるのだ。

走れ！　メロス！

その答えに至るまでの所要時間、〇・〇〇一秒。メロスは黒い風となって、警吏たちを翻弄した。長剣が描く幾筋もの軌跡を、ひょいひょい器用に避けて、壁を蹴って方向転換し、相手の背後を取っては急所目掛けて攻撃する。パンチだ、キックだ、ええい、肘鉄だ。警吏たちは痛みや脳震盪によって、ばったばったと倒れていく。やがて最後の一人が倒れた時、謁見の間を埋めたのは呻き声の合唱。

メロスは外を見やる。まだ陽は残っている。ここからが本当の闘いだ。脳細胞を総動員して真相を推理しなければならぬ。考えろ。考えろ。考えろ。

警吏たちが残らず倒れたにもかかわらず、ディオニスも、プラトンも、落ち着いた様子であった。それどころかプラトンが、部屋の中央に向けて歩いてくる。

「全く、無能な警吏どもめ」

彼は吐き捨てた。なぜ、そんなにも余裕なのだ。いや、そのことは、いまはどうでもよい。真相を考えるが優先。

ところが、メロスの思考を妨げる一言を、プラトンが発した。

「仕方があるまい。私が直々に取り押さえよう」

眼の前に佇(たたず)む老齢の哲学者は、ぱっと服を脱ぎ捨てて、腰布だけの姿となった。露(あら)わとなった肉体は、恐ろしいほど、逞(たくま)しかった。

哲人プラトン。その名は、実は本名にあらず。本名については諸説あるが、現段階ではアリストクレスが有力とされている。彼は若きころ、パンクラチオン、すなわちレスリングの選手であった。それも大規模な競技会に出場するほどの腕前である。彼の肉体はあまりに逞しく、肩幅が極めて広かったため、レスリングの師匠から「大きい」という意味の言葉「プラトン」というリングネームが授けられた。彼はその名を気に入って、そのまま筆名として使い続けていたのであった。

プラトンが中腰の姿勢で構える。漂う気魄(きはく)により、逞しい肉体が、より逞しく見える。その姿、まさに強大(プラトン)。

だがしかし、メロスとて引けを取らぬ。負けじと服を脱ぎ捨てて、プラトンと同じく腰布一枚の姿となる。厳しい自然の中を駆け回ってきたメロスの肉体も、むんむん漢気が漂うほど、恐ろしく逞しい。

体系化された理論と訓練によって完成されたアスリート。対するは、野生のファイター。逞しい肉体と肉体は向かい合う。

プラトンが一歩右足を前に出す。メロスの頭の中では無数のシミュレートが行なわれる。にじり寄ってくるか、あるいはタックルか、培われてきた経験が即座に対処法を導き出す。それはプラトンとて同じ。右足を出したのは悪手と踏んでか、彼は即座に引き下げた。続いてメロスが足を出す。けれどもメロスも悪手と踏んですぐさま下げる。はたから見れば、二人が見つめ合っているようにしか思えぬであろう。さりとて双方の頭の中では、幾千、幾万、天文学的な回数の、血みどろの試行錯誤が繰り返されていた。

メロスは思う。プラトンの構えは典型的なレスリングスタイル。関節技や寝技が得意に違いあるまい。すなわち四肢のいずれかを掴まれたら勝負が決してしまう。この手の相手と闘うには、距離を取り、スタンディングで殴り合うが定石。

隙だ。隙を探るのだ。二人はもの言わず睨み合う。

そうしている間にも倒れていた警吏たちが恢復して次々と起き上がった。けれども加勢はしてこない。メロスとプラトンが醸す、燃えるような気魄によって、動物的本能が働いているのであろう。二人の間合いに入れば怪我をする。そう感じているに違いあるまい。周囲の者たちは、ただ、息を呑んだ。

太陽はますます傾いていく。やがて西日が深く室内に突き刺さり、プラトンの顔を照らした。プラトンは、ほんの刹那、眩しさに視線を逸らした。メロスはその隙を見逃さなかった。一気に駈ける。とはいえ近付き過ぎても危険。四肢を捕らえられぬよう、できる限り遠間からの攻撃が最善。選んだ技はローキック。メロスは左足を軸にして、プラトンの膝を目掛けて鋭く右足を振った。

ところが、想定が甘かった。プラトンは少しく左足を上げてメロスの蹴りを脛でいなした。プラトンは立ち技も達者だったのである。メロスはたじろいだ。といっても瞬きよりも短い時間。しかしプラトンにとっては十分な時間であった。彼はお返しとばかりに右足でメロスの軸足を払った。メロスは体勢を崩す。そこへさらに追撃、プラトンがメロスのみぞおちに突き上げるような体当り。呼吸が止まる。と共に動きも止まる。腕を掴まれた。捻じられた。気付くとメロスは床に転がっていた。しかも背後を取られていた。プラトンが脚に脚を絡め、喉元に腕を通してくる。輝きを放ちそうなほどの美し過ぎるチョークスリーパーである。

足掻けば足掻くほど首にプラトンの腕が食い込んできた。完全に頸動脈を極められている。この感覚には覚えがあった。三日前に捕らえられた時の感覚である。高台の貯水槽で我が身の意識を奪ったはプラトンであったのだと、いまさらながら気が付いた。景色が歪んでいく。あの日と同じように意識が遠退いていく。すると、忘れ去られていた記憶が、鮮明に浮かび上がってきた。

——まずい、やらかしてしまった。クールな短刀を失くしてしまった。

——それより水だ、いまは水が必要だ。酒の呑み過ぎで喉が渇く。

メロスは、かっと眼を見開いた。私は三日前に殺人を犯していない。犯人は他にいるのだ。それを明らかにせぬまま処刑されてなるものか。

全身に力を込める。技など必要ない。フィジカルである。ワンダフルなフィジカルさえあれば、それでよい。力任せに脚の拘束を解く。その脚を振って、反動でもって身体を捻る。首の締め付けは微かに緩んだ。けれども未だプラトンの腕からは脱せられぬ。メロスは手を伸ばし、苦し紛れにプラトンの腰布をむしり取った。

その行動に虚を突かれたか、彼の腕から力が抜けた。メロスはここぞとばかりに脱出する。床を転がって距離を取り、跳ねるように立ち上がる。

メロスが見つめる先でプラトンも立ち上がった。その時、視界に、あるものが映った。そうか。そうだったのか。つられて幾つもの点が脳内で繋がっていく。

メロスは推理した——。

メロスは重ねて推理した――。

さあさあさあ、賢明なる読者諸氏よ、誠に長らくお待たせした。いよいよ答え合わせの時である。もはやミスリードは出尽くした。ここから先に披露されるは、正真正銘、紛うことなき事件の真相。予想どおりの展開か、予想を外れた展開か、仔細に亘って確かめていただきたい。刮目せよ。瞠目せよ。幾千年の昔に繰り広げられたメロスたちの物語の、その結末を、神々に代わって、いざ、照覧あれ。

メロスは、眼の前に立つ全裸の老人を、睨んだ。

「プラトンよ、お前が、全ての元凶だったか」

言っても、プラトンは惚けた顔をする。

「なんのことを言っているのか、分からぬな」

メロスは、ゆっくりと腕をあげ、彼の下半身を指差した。

「ならば聞こう。その、尻にある傷はなんだ！」

プラトンの尻には、メロスと同じく、獣に噛まれた傷痕があったのである。

「ああ、この傷か。これは幼少のころのものだ。当時の私は、ヒグマには勝てずともオオカミにならば勝てると思い込み、獣に闘いを挑んだ。結果、尻を裂かれて逃げることとなった。その時の傷だ」

互角。あらゆる意味においてメロスと互角である。

「傷の経緯はどうでもよい。お前の尻に傷があること自体が重要なのだ。三日前に起きた城門前での殺人事件の犯人は、市外から来た、恐ろしく逞しい肉体を持つ、尻に傷ある男だ。その条件をお前は満たしている。お前が犯人だったのだな」

「その事件の犯人は、貴様ではないか、メロス」

「いや、違うな、プラトン」

「貴様自身も犯行を認めたではないか！」

荒ぶる言葉に対し、メロスは緩慢に首を左右に振って応じる。それから、思い出したばかりの記憶を辿りつつ、当時の説明を始める。

「あの日の私は酒の呑み過ぎで記憶が混濁していて、やらかしてしまったという焦燥の感情だけを覚えていた。それで罪を認めてしまったのだ。ところが、先刻、お前に首を絞められている時に思い出した。あの日の私は、お気に入りのクールな短刀を失くして焦っていただけなのだ」

そこで一呼吸し、周囲の人々に聞かせるように、語勢を調える。

「三日前の未明、酒に酔って私は街を徘徊し、愛用の短刀を落としてしまった。繰り返すが、私の短刀はクールだ。とてもクールだ。警吏たちが使う量産品の武器とは異なって特徴的だ。ひと目で、持ち主を特定することは容易と察しがつく。少なくとも偶然にも短刀を拾ったプラトンは、そう察したはずだ。そうして、短刀の持ち主に罪を擦りつけてしまおうと考えたのだ。ディオニス王暗殺の罪を」

プラトンが鼻で笑う。

「根拠がないではないか。私からすれば、お前が自分の罪を、私に擦りつけているようにしか思えぬ。そもそも、そんな杜撰な暗殺計画を実行するわけがなかろう。門衛を殺したとて堅牢な城門があるのだぞ」

「確かに杜撰に思える上に、実際、突発的に思いついた計画だろう。ただ、都合のよい条件が揃っていた。特徴的な誰かの刃物を拾っただけでなく、拾った時刻が、人通りの少ない未明、かつ、間もなく門衛が交代する時刻だった。門衛たちは城内に暮している。つまり、速やかに二名の門衛を殺害し、しばしその場で待っていれば、勝手に門は内側から開いたのだ。失敗してしまったようだがな」

ここまで言ってもプラトンに動じる様子はなかった。

「いずれにしても証拠がない。客観的に見れば、貴様のほうが怪しい。貴様も犯人の特徴を満たしているのだからな」

周囲の人々は黙っている。どちらの言い分が正しいのか判断がつかぬようで、戸惑いがちに二人の顔を交互に見つめている。

その沈黙の中、メロスは、声を低めて凄むように告げる。

「お前の言うとおり、城門前の殺人事件の容疑者は、お前と私の二人だ。しかし、もう一つの殺人事件、ダモクレス殺害については、お前にしか犯行は不可能だった」

その発言に真っ先に反応したのはディオニスであった。

「メロスよ、新たな推理を思い付いたのじゃな？」

その顔からは少しく期待の色が窺えた。

「ええ、お待たせしました。ようやく真相が分かりました。ダモクレスを殺した犯人は、ディオニス王、貴方に殺意を持った、恐ろしく逞しい男に限定されます」

「ほう、詳しく話を聞かせてみよ」

メロスは大きく肯き、それから、皆のほうを向いて胸を張った。

「先刻も言ったが、朝のうちに入城し、丸一日、城内で身を隠し続ければ、城の外から来た者でも犯行が可能だ」

そこまで言うと、さっそくプラトンが茶々を入れてくる。

「その可能性は否定されたばかりだ。池で頭を打って、おかしくなったか？　城内に身を隠す場所なぞない」

「いや、あった。犯人は大胆な方法で身を隠したのだ。事件の関係者たちは隠れている者なぞいなかったと言っている。しかし、おそらくだが、実際には隠れている犯人のことを見ている。それが犯人だと気が付かなかっただけだ」

メロスはゆっくりと歩きながら話の続きを語る。

「個人的な話だが、昨日、私の故郷の村でも殺人事件があった。その事件は、暗闇の中、殺すつもりの相手とは別の者を誤って殺してしまうというものだった。この城で起きた事件も同じだろう。王を暗殺するつもりで、誤ってダモクレスを殺してしまったのだ。ただ、私の村での事件とは状況が違う。この謁見の間は、事件の少し前まで暗くなかった。だのに、なぜ、犯人は誤認したのか。それは、犯人は事件の直前と直後、眼を瞑(つぶ)っていたからだ」

　プラトンは、いよいよ黙り込んだ。

　代わりにディオニスが口を開く。

「どういう意味だ？　眼を瞑らなければ隠れられぬ場所なのか？」

　メロスは一旦(いったん)足を止めて、

「眼を瞑らなければ見つかってしまう場所なのです。加えて、中庭の池の水を白くしてしまう場所なのです。池の水が白く染まったのは今日の早朝以降。事件の翌日にそのような異変が起こったということは、明らかに犯人が何かをした痕跡(こんせき)です」

「犯人は何をしたのだ……」

「突如として現れ、突如として消えたのです」

　再び、歩き始める。人々はそんなメロスのことを眼で追った。

　メロスは落ち着いた声音で言う。

「こういう諺がある。木を隠すには森、マッチョを隠すにはマッチョ、とな」

説明するまでもあるまいが、念のために断っておく。そのような諺は実在しない。

「犯人は、ここに隠れていたのだ……」

中庭側とは反対の壁の前で足を止め、メロスは、ある一箇所を手で示した。

「犯人は！　壁際で！　石像の振りをしていたのだ！」

室内はどよめく。

喧噪の中、メロスは畳みかけるように説明を続ける。

「石像はいずれも恐ろしいほど逞しい。ゆえに石像の振りをできるのはプラトンしかいまい。昨日の午前中、プラトンは城に入った。おそらくその時には、すでに首から下は白く塗ってあったことだろう。そうして、昼になってディオニス王が居室にこもると、誰もいない謁見の間で、衣服を脱いで顔も白く塗った。脱いだ衣服程度ならば中庭の草むらにでも隠せば済む。その後、プラトンは、壁際で眼を瞑ってポージングをした。ダモクレスを殺す瞬間まで」

じっとプラトンのことを睨む。彼は苦々しく口元を歪めていた。

「プラトン、お前の目的は王を殺すことだった。そのために、ディオニス王が一人になるのを、息を殺して待った。そうして夕刻に好機が訪れ、実行に移した。急に石像が動いたので被害者は驚いたことだろう。城中に響くほどの悲鳴をあげるのも無理はない。お前は、その叫びを剣の一突きで止め、その後はまた石像の振りをした。ところがだ、死んだのは王ではなく、王様ごっこ中のダモクレスだった。ターゲットを間違えたと気付いた時には、お前もさすがに慌てたことだろう。それでも、石像の振りを続けたのだから、大した胆力だ」

　そこまで言った時、ディオニス王が割って入ってきた。

「馬鹿な。謁見の間には多くの者が出入りしていた。事件直後に至っては、城内の者たちが全て集っていたのだぞ。気付かぬなぞ、あり得るだろうか」

　メロスは、気持ちは理解できる旨を伝えるために、幾度か首を縦に振った。

「この城にある石像は、全て、石灰石で作られた無着色のものです。一方、プラトンが使った塗料は、おそらく代表的な白い塗料、漆喰（しっくい）です。すなわち石灰を溶いたもの。塗って乾いてしまえば、その質感は石像と区別がつかなかったでしょう」

　皆のほうへ向き直って、さらに追い打ちをかける。

「何より、興味のない石像の数なぞ、誰も覚えてはいまい！」

　人々は気まずそうに視線を落とした。

　ディオニスだけは、複雑な表情をしつつも、肯いた。

　メロスは話を続ける。

「事件以降、警吏たちも集まり、念入りな捜索が行なわれた。その間も、プラトンは石像の振りを続け、翌朝、人が少ない頃合いを見計らって、中庭の池で全身の塗料を洗い流したのだ。三日前に高台の貯水槽で返り血を洗い流した時のように」

改めて、プラトンのことを睨みつける。

「プラトン、お前が、真犯人だ！」

周囲の視線は彼に集中した。それらの眼には軽蔑(けいべつ)の心が宿っていた。誰もが、プラトンこそ犯人と、納得しているのであろう。

メロスは屋外を見る。地平では、微(かす)かな残光が、きらきら揺らめいていた。

間に合ったのだ。友よ、私は成し遂げたのだ。

ところが突然、プラトンが、大声を出して笑い始めた。

「メロスよ、貴様は根本的なことを失念している。仮にその仮説が再現できるものであっても、それは、私でも犯行が可能だったと示しているだけに過ぎぬ」

「どういう意味だ……」

「一日中、石像の振りをするなぞという困難なことをせずとも、もっと簡単にダモクレスを殺せた奴がいるだろう？」

息を呑(の)んだ。確かに失念していた。友の無罪を証明できていなかった。

言葉を失したメロスに対し、プラトンは意気揚々と嘲(あざけ)りの言葉を並べる。

「メロスよ、容疑者は、私とセリヌンティウスの二人だ。可能かどうかも疑わしい工作をしなければならぬ私と、気軽に殺しに行けるセリヌンティウス、どちらが犯人かは明らか。貴様の友、セリヌンティウスが、犯人だと思わぬか？」

一理ある。いや、十理も、百理もある。

急ぎ、メロスは考えを巡らせるが、有効な反論が浮かばぬ。そもそも、どんな仮説を立てようと、佳き友による犯行は容易であったという事実は覆らぬ。

全裸の老人は、両手を大きく広げて、皆に対して訴える。

「本質を見るのだ。此奴は、ただの愚かな殺人犯だ。尤もらしい言説は心地よかったかも知れぬが、それは刹那的な快楽に過ぎぬ。時に厳しく思えたとて、陽の光に似た悠久の正義へ導けるは絶対の為政者のみ。さあ、処刑に異論はあるまいな」

周囲の人々は、戸惑った表情を浮かべつつ、肯いたのであった。

プラトンは、ほくそ笑んだ。それからディオニスの面前へと向かった。

「ディオニス王、もう陽は沈みます。いつものように、処刑の命を下しましょう」

その声は、囁くような音にもかかわらず、有無を言わさぬ圧を孕んでいる。

「そうだな……」

ディオニスは玉座から立ち上がった。処刑を宣言するのであろう。

メロスは膝を折り、両手をついて、床が濡れるほど男泣きに泣いた。

ああ、セリヌンティウス、セリヌンティウスよ――。

幾人もの市民を磔の台に送った暴君は、はべる警吏に向かって片手を掲げ、いま再び残酷な指示を出そうとしている。南無三、ここまでか。そう思った時、

「お待ち下さい。ディオニス王」

入口の方角から馴染みのある声が聞こえた。

振り返ると、そこにはスタイリッシュなシティボーイが立っていた。イマジンティウス。イマジンティウスである。けれども不思議なことに、辺りにいる人々も彼のことを見つめていた。彼は妄想から生まれた幻のはず。私にしか見えぬはずだ。

状況を呑み込めず、呆然と彼を見つめていると、同じく呆然としていたディオニスが、イマジンティウスに声をかけた。

「お前は何者じゃ」

イマジンティウスは進み出て、それから名乗りをあげる。

「お初にお目にかかります。私は、ここシラクスの市で、石工を生業としている者です。名を、セリヌンティウスと申します」

謁見の間は、どっと騒がしくなった。誰も、いまの状況を理解できていない。

そのような混乱など意に介さず、イマジンティウスは涼しい顔で、

「この場にいる皆に問いたい。この三日間、囚われの石工を見た人はいますか？」

ディオニス以外の人々は、躊躇いがちに首を横に振った。

イマジンティウスは微笑む。

「三日前のメロスは、おそらく酒が抜け切っていない状態だった。そのような状態で捕縛された彼は、不安に駆られて、私という幻を見たのです。つまり、この城の牢獄に捕らえられている者は、その幻です」

ディオニスがわなわなと全身を震わせながら呟く。

「そんな馬鹿な……」

「信ずる心は、ときに、幻を見せます。ディオニス王、貴方は人を信じられぬとおっしゃったが、それは違う。貴方ほど人を信ずる才能に溢れた人はいないでしょう。三日前、メロスは動転し、幻の私を身代わりに差し出すと言った。その真に迫る熱意にほだされ、貴方はメロスの言葉を誰よりも信じ、メロスと共に幻を見たのです」

言い切ってから、イマジンティウスは皆のほうへ向き直った。

「さすがに他の人々は幻を見ていないでしょう。しかし、王に歯向かえば処刑されかねぬ状況。王が『いる』と言えば、配下の者も『いる』と言わざるを得ない。一部の人は、姿のない人質に、縄を打つ振りなどをしたのではないですか？」

返事はないものの、幾人かの警吏が俯いた。

イマジンティウスは、ちらとプラトンを見て、それから高々と述べる。

「さあ、実在しない幻が、どうして人を殺せましょう」

　プラトンは小さく唸り声をあげていた。

　そのようなプラトンを横目に、メロスは立ち上がって、よろよろとイマジンティウスに歩み寄った。イマジンティウスが柔和な笑みを浮かべる。

「メロスよ、遅くなってすまなかった。川を渡るのに手間取ったのだ。ようやく城に着いたら君がプラトンを追い込んでいた。そこに至るまでの経緯については、指揮官と思しき警吏と逞しい若者から、だいたい聞いている」

「イマジンティウスよ、イマジンティウスは、イマジンティウスでないのか？」

　もはやメロス自身も何を言っているのか分からぬ。それでも眼の前にいる佳き友の姿をした彼は、からかう様子さえ見せず、静かに深く肯いた。

「私は本物のセリヌンティウスだ。君が勘違いしていることは、すぐに気付いたのだが、ずっと黙っていた――」

　三日前、メロスが捕縛された時、王城よりお触れが出て、メロスという男の代わりに石工のカリスマが処刑されるという噂が、瞬く間に街中に広まった。セリヌンティウス本人の耳にもその話題は入り、これでは街にいられぬと考えて、彼はメロスと共に故郷の村へ向けて走ることにしたのである。

「どうしてもっと早く教えてくれなかったのだ……」

「セリヌンティウスが脱獄したという噂が広まっては困る。それゆえ、申し訳ないと思いつつも君の勘違いに便乗させてもらった。幸い警吏たちは私の顔を知らぬようだったので、イマジンティウスの振りを続けたのだ。なにより、そのほうが……」

イマジンティウス、改め、本物のセリヌンティウスは、ぐるり周囲を見回し、最後に再びメロスに視点を定めてから、続く言葉を口にした。

「メロス、君は、勇者になれる。さあ、成すべきことがあるだろう？」

メロスは力強く肯く。

「ああ、ディオニス王と約束したのだ。陽が沈むまでに真犯人を縛り上げると」

メロスは涙をぬぐい、勢いづけて、プラトンを指差す。

「やはり、お前が犯人だ！　プラトン！」

静寂。プラトンは呼吸を乱して立ち尽くしている。

そのような彼に対して、ディオニスが冷ややかな顔を向ける。

「何か申せ、プラトン」

「わ、私は……」

警吏たちが自主的にプラトンを取り囲む。次の瞬間、プラトンが警吏の一人を殴り飛ばし、長剣を奪い取った。奴は、逃げる気である。

格闘センスの塊であるプラトンは、レスリングはもちろん、立ち技にも精通していた。その上、鮮やかな短剣さばきで門衛を殺害してもいる。となれば、長剣を巧みに操れたとて不思議では無し。案の定、奴は強かった。次々と警吏が斬られ、鮮血が舞い、瞬く間に包囲網が崩されていく。いまのところ死者こそ出てはいないものの、惨事が起こるは時間の問題。このままでは、臣下一人の殺害など些末(さまつ)なことと思えるような、大虐殺に発展してしまう。逃げるがために躊躇いもなく凶器を振るうとは、なんたる邪悪。呆(あき)れた哲学者だ。許しておけぬ。

メロスは激怒した——。

プラトンの退路を断つべく出入口へと先回りする。プラトンが近付いてくる。メロスは怒りの炎を全身から噴き出させた。それは幻となって人々の眼に実際に映ったかも知れぬ。いや、たぶん、さすがに見えてはいまい。さりとて、明確なる気魄は放たれたらしく、プラトンは苦戦するのを嫌ってか、踵(きびす)を返した。奴は中庭方面へ向かった。しまった。中庭からでも城門へ抜けることができる。メロスは後を追った。全裸の老人は逃げる。その進行方向には、甲冑(かっちゅう)をまとっていない男、セリヌンティウスがいた。プラトンは長剣を掲げて、一気に、彼に向けて振り下ろした。

刹那(せつな)、セリヌンティウスが石を削る道具、石ノミを、抜いた。セリヌンティウスは石工界のカリスマ。工芸神ヘパイトスの如く、彼の石ノミさばきは、まさに神業。あらゆる素材を美しい立体造形物に生まれ変わらせる。

振り下ろされた長剣は、一瞬にして、金属製の美しい一輪の花に化けた。

プラトンが叫ぶ。

「こんなことがあってたまるか！」

そう言われても、実際に剣は削れたのである。

プラトンが狼狽えているうちに、メロスは追いついた。そうして走る勢いそのままに左足を前に踏み込んで、腰を落とし、体重を乗せたスイングパンチを放つ。

「正義のためだ。許せ！」

メロスの拳はプラトンの顔面にめり込んだ。ばきばきと、骨の砕ける音が響く。

全裸の老人は気前よく吹き飛び、もんどり打って、床の上を転がり、動かなくなった。その隙に警吏たちが駆けてきて、速やかに縄を打つ。

同時に、地平の向こうに太陽は姿を消した。

事件は完結したのである。

縛り上げられたプラトンは、ぐったりしながらも、未だ意識があった。床の上に座って、負傷者への処置のために忙しく走り回る人々の様子を、まるで汚いものでも見るかのように、皮肉な笑みを浮かべながら眺めていた。

「なぜ怪我人を助けている……」

彼は呟いた。

「苦しむ者がいたら救いたくなるのが人情だ」

メロスは答えた。

すると、彼は自問を始めた。

「私も怪我をしているが、救いにくる者はいないのだな。なぜなのか。私が真犯人だからだ。殺人を犯した邪悪な存在と思われているからだ」

そう言ってからプラトンは力なく笑い、

「果たして、我が師ソクラテスも、邪悪だったのだろうか……」

都市国家アテナイでは徹底した民主政が敷かれ、裁判においても市民の声が強く反映される制度が確立していた。その裁判制度によって、紀元前三九九年、プラトンの師であるソクラテスは処刑された。罪状は、若者を堕落させた罪。ソクラテスは哲学を広める過程で多くの人に問答を持ちかけた。その結果、噛み砕いて言うならば、面倒な存在として人々から嫌われていたのである。

プラトンは話を続ける。

「民衆は愚かだ。一貫した価値観など持たずに、雰囲気に流され、その時々の気分で善悪を決めている。気に入らないという理由だけで罪のない者を殺し、かと思えば罪深い者に罰を与えず見逃しもする。見たいものだけを見て満足しているのだ。民主政治は脆弱性の塊だ。だからこそ、智慧のある者が独裁的に国家を運用しなければならぬ。私は、このシラクスの地に理想国家を体現しようとした。私自身が、このプラトンが王となれば、素晴らしい国になるはずなのだ。そのために王を、先代の王と同じように、手に掛けることに……」

そこまで言った時、プラトンは何者かに勢いよく蹴飛(けと)ばされた。

「黙れ。愚か者」

プラトンを蹴ったのは、ディオニスであった。

ディオニスは、こちらに背を向け、ぎりぎりと、音が鳴りそうなほど拳を強く握り締めた。それから、ゆっくり歩きだし、玉座に腰掛けると、顎(あご)をしゃくった。

指示を察した警吏たちがプラトンを牢獄(ろうごく)へと引きずっていく。

「メロスよ、セリヌンティウスよ、大儀じゃ。全ての元凶であるプラトンの罪を暴いたことをもって、お前たちを放免とする」

室内のあちこちから、拍手の音が聞こえてきた。

なお、余談あるいは蛇足であるが、プラトンの自叙伝「第七書簡」によると、紀元前三六〇年、シラクスに幽閉されたプラトンは、その数ヶ月後、懇意にしていた思想集団ピタゴラス学派の手によって、アテナイへと逃がされる。ただし、これは、あくまで余談。この物語とは一切関係のない話である――。

拍手の音が響く謁見の間で、メロスとセリヌンティウスは、改めて向かい合い、再会を祝すこととした。再会といっても、実際には、ずっと一緒に走っていたのではあるが、イマジンティウスではなく、セリヌンティウスであるセリヌンティウスと逢(あ)うのは、実に四日振りなのである。

「セリヌンティウスよ、とりあえず、お互い無事でよかった」

言うと、セリヌンティウスは涼しい顔で肯(うなず)いた。

「メロスよ、私が幻ではないということを黙っていて悪かった。ただ、これだけは言わせて欲しい、本物の私は、さすがに人質になることを了承しないぞ」

「お前は、私が、嘘が嫌いだということを忘れたのか?」

お道化た調子で言う。すると、彼は恥ずかしそうに笑った。

短い無言の間。二人は見つめ合う。

「セリヌンティウス……」

一つ呟(つぶや)き、それから眼に涙を浮かべて、

「力一杯に私を殴れ。私は、川を渡る前、必ず約束を守ると見得を切ったが、渡ってすぐ、さっそく諦(あきら)めようとした。いや、これは悪い夢の話だが、そうでなくとも、そもそも、友を人質にしようとしたこと自体が間違っていた。だから殴ってくれ。お前が殴ってくれなかったら、私はお前と抱擁する資格さえないのだ。殴れ」

セリヌンティウスは、全てを察した様子で深く肯き、室内一杯に鳴り響くほど、音高くメロスの右頰を殴った。

殴ってから彼は、優しく微笑み、

「メロス、私を殴れ。同じくらい音高く私の頬を殴れ。私は、この三日の間、君が私のことをイマジナリーな存在だと勘違いしている状況を、幾度か、不謹慎にも面白いと感じてしまった。結果的に欺いていたようなものだ。君が私を殴ってく……」

「全く、その通りだっ！」

メロスは叫びながら、腕に唸りをつけてセリヌンティウスの頬を殴った。

「ありがとう、友よ！」

二人は同時に言い、ひしと抱き合い、嬉し泣きに声を放って泣いた。

拍手の音が大きくなる。凄く大きくなる。歔欷の声さえ聞こえる。辺りを見てみると、警吏や城に仕える者たちだけでなく、多くの市民が謁見の間に集っていた。

群衆の中から、指揮官と思しき警吏と、ミタンデスが、顔を出す。

「日頃の訓練の賜物だ。広場に集っていた者たちを連れてきた」

「見せるなら、処刑よりも友情の物語がよいと思いまして」

詳細までは分からずとも、何かよいことがあったと察してか、市民の群衆は嬉しそうに手を叩き続けた。

その群衆の背後から、暴君ディオニスが、メロスとセリヌンティウスのことを、まじまじ見つめていた。やがて、彼は二人に近付いて、顔を赤らめた。

「お前らの望みは叶(かな)った。お前らは、わしの心に勝ったのだ。信実だけは、決して空虚な妄想ではなかった。どうか、わしも、仲間に入れてくれまいか。どうか、わしの願いを聞き入れて、お前らの仲間の一人にして欲しい」

どっと群衆の間に歓声が起こった。

あのディオニスが、改心したのである。申し入れを断る理由はない。

「ばんざい！」

誰かが言った。

「ばんざい！　王様ばんざい！」

さらに誰かが言った。

その声は会場中に伝播(でんぱ)して、やがて王城を揺らすほどの大歓声となった。

「ばんざい！　王様ばんざい！」

「ばんざい！　王様ばんざい！」

「ばんざい！　王様ばんざい！」

メロスは、その様子をぼんやり見つめながら、とても小さな声で、

「見たいものだけを見ている、か……」

傍らのセリヌンティウスが心配そうに、そんなメロスの顔を覗(のぞ)き込む。

「メロス、どうしたのだ？」

「いや、多くの民を処した者を、人は本当に許せるのかと思ってな」

「君らしくない言葉だな。推理のし過ぎで、心の眼でも開いてしまったか？」

お道化た口調ではあるが、彼は励ますようにメロスの肩を抱いた。

残念なことに、この時メロスが抱いた不安は、的中する。一時は支持を得たディオニスであるが、ここから三年後の紀元前三五七年、市民の反乱によって王の座を追われ、ギリシア中部ロクリスに亡命することとなる。一方、暴君を追放したシラクスは平和になったかというと、そうはならず、その後も謀略と暗殺が繰り返され、政治的に安定することはなく、やがて、大国間の戦争に巻き込まれて、主権国家としての地位を失う。すなわち、都市国家シラクスは、消滅してしまうのであった。

さりとて、それはメロスたちにとって遠い未来の話。与り知らぬところである。いまは、救われた命を、友情の勝利を、彼らと共に祝福しようではないか——。

「ばんざい！　王様ばんざい！」

「ばんざい！　メロスばんざい！」

「ばんざい！　勇者メロスばんざい！」

王に向けられた祝いの言葉は、次第にメロスにも向けられるようになった。メロスは心に微か漂っていた霧を振り払って、開き直り、市民に向かって手を掲げた。それから、音頭を取りつつ、一緒に、高らかに声をあげる。

ばんざい。ばんざい——。

拍手と、楽しげな笑い声は、いつまでも響く。

やがて一人の少女が、照れながら前に進み出て、緋(ひ)のマントをメロスに捧(ささ)げた。メロスは、まごついた。佳(よ)き友は、気を利かせて教えてくれた。

「メロス、君は真っ裸ではないか」

プラトンと格闘した時、メロスも全裸になってしまっていたのであった。

セリヌンティウスは、さらに言う。

「早くそのマントを着るがよい。この可愛い娘さんは、メロス、君の、とても逞(たくま)しい裸体を、他の皆に見られてしまうのが、堪(たま)らなく口惜しいのだ」

勇者は、ひどく赤面した。

（古伝説と、太宰治(だざいおさむ)『走れメロス』から。）

本書は書き下ろしです。

殺人事件に巻き込まれて走っている場合ではないメロス

五条紀夫

令和7年 2月25日 初版発行
令和7年 6月15日 6版発行

発行者●山下直久

発行●株式会社KADOKAWA
〒102-8177 東京都千代田区富士見2-13-3
電話 0570-002-301(ナビダイヤル)

角川文庫 24528

印刷所●株式会社KADOKAWA
製本所●株式会社KADOKAWA

表紙画●和田三造

ISBN 978-4-04-115008-5 C0193

◆◇◇

角川文庫発刊に際して

角川源義

第二次世界大戦の敗北は、軍事力の敗北であった以上に、私たちの若い文化力の敗退であった。私たちの文化が戦争に対して如何に無力であり、単なるあだ花に過ぎなかったかを、私たちは身を以て体験し痛感した。西洋近代文化の摂取にとって、明治以後八十年の歳月は決して短かすぎたとは言えない。にもかかわらず、近代文化の伝統を確立し、自由な批判と柔軟な良識に富む文化層として自らを形成することに私たちは失敗して来た。そしてこれは、各層への文化の普及滲透を任務とする出版人の責任でもあった。

一九四五年以来、私たちは再び振出しに戻り、第一歩から踏み出すことを余儀なくされた。これは大きな不幸ではあるが、反面、これまでの混沌・未熟・歪曲の中にあった我が国の文化に秩序と確たる基礎を齎らすためには絶好の機会でもある。角川書店は、このような祖国の文化的危機にあたり、微力をも顧みず再建の礎石たるべき抱負と決意とをもって出発したが、ここに創立以来の念願を果すべく角川文庫を発刊する。これまで刊行されたあらゆる全集叢書文庫類の長所と短所とを検討し、古今東西の不朽の典籍を、良心的編集のもとに、廉価に、そして書架にふさわしい美本として、多くのひとびとに提供しようとする。しかし私たちは徒らに百科全書的な知識のジレッタントを作ることを目的とせず、あくまで祖国の文化に秩序と再建への道を示し、この文庫を角川書店の栄ある事業として、今後永久に継続発展せしめ、学芸と教養との殿堂として大成せんことを期したい。多くの読書子の愛情ある忠言と支持とによって、この希望と抱負とを完遂せしめられんことを願う。

一九四九年五月三日

角川文庫ベストセラー

濱地健三郎の幽たる事件簿　有栖川有栖

南新宿にある「濱地探偵事務所」には、今日も不可思議な現象に悩む依頼人や警視庁の刑事が訪れる。年齢不詳の探偵・濱地健三郎は、助手のユリエとともに、幽霊を視る能力と類まれな推理力で事件を解き明かす。

深泥丘奇談　綾辻行人

ミステリ作家の「私」が住む〝もうひとつの京都〟。その裏側に潜む秘密めいたものたち。古い病室の壁に、長びく雨の日に、送り火の夜に……魅惑的な怪異の数々が日常を侵蝕し、見慣れた風景を一変させる。

深泥丘奇談・続　綾辻行人

激しい眩暈が古都に蠢くモノたちとの邂逅へ作家を誘う。廃神社に響く〝鈴〟、閏年に狂い咲く〝桜〟、神社で起きた〝死体切断事件〟。ミステリ作家の「私」が遭遇する怪異は、読む者の現実を揺さぶる――。

罪の余白　芦沢　央

高校のベランダから転落した加奈の死を、父親の安藤は受け止められずにいた。娘はなぜ死んだのか。自分を責める日々を送る安藤の前に現れた、加奈のクラスメートの協力で、娘の悩みを知った安藤は。

悪いものが、来ませんように　芦沢　央

助産院に勤めながら、不妊と夫の浮気に悩む紗英。育児に悩み社会となじめずにいる奈津子。2人の異常な密着が恐ろしい事件を呼ぶ。もう一度読み返したくなる心理サスペンス！

角川文庫ベストセラー

いつかの人質　芦沢央

幼いころ誘拐事件に巻きこまれて失明した少女。12年後、彼女は再び何者かに連れ去られる。少女はなぜ、二度も誘拐されたのか？　急展開、圧巻のラスト35P！　注目作家のサスペンス・ミステリ。

バック・ステージ　芦沢央

もうすぐ始まる人気演出家の舞台。その周辺で次々起きる4つの事件が、二人の男女のおかしな行動によって思わぬ方向に進んでいく……一気読み必至、大注目作家の新境地。驚愕痛快ミステリ、開幕！

僕の神さま　芦沢央

僕が通う小学校で広がった、少女の死と呪いの噂。日常のいろいろな謎を解決し、僕が「神さま」と尊敬する水谷くんは、呪いの正体に迫るが……ラストで世界が反転する、せつないミステリ。

教室が、ひとりになるまで　浅倉秋成

北楓高校で起きた生徒の連続自殺。ショックから不登校になっている幼馴染みの自宅を訪れた垣内は、彼女から「三人とも自殺なんかじゃない。みんな殺された」と告げられ、真相究明に挑むが……。

フラッガーの方程式　浅倉秋成

何気ない行動を「フラグ」と認識し、日常をドラマに変える〝フラッガーシステム〟。モニターに選ばれた涼一は、気になる同級生・佐藤さんと仲良くなれるのではと期待する。しかしシステムは暴走して⁉

角川文庫ベストセラー

ノワール・レヴナント　浅倉秋成

他人の背中に「幸福偏差値」が見える。本の背をなぞって内容をすべて記憶する。毎朝5つ、今日聞く台詞を予知する。念じることで触れたものを壊す。奇妙な能力を持つ4人の高校生が、ある少女の死の謎を追う。

六人の嘘つきな大学生　浅倉秋成

成長著しいIT企業スピラリンクスが初めて行う新卒採用。最終選考で与えられた課題は、「六人の中から一人の内定者を決めること」だった。議論が進む中、「●●は人殺し」という告発文が発見され……!?

いつか、虹の向こうへ　伊岡　瞬

尾木遼平、46歳、元刑事。職も家族も失った彼に残されたのは、3人の居候との奇妙な同居生活だけだ。家出中の少女と出会ったことがきっかけで、殺人事件に巻き込まれ……第25回横溝正史ミステリ大賞受賞作。

145gの孤独　伊岡　瞬

プロ野球投手の倉沢は、試合中の死球事故が原因で現役を引退した。その後彼が始めた仕事「付き添い屋」には、奇妙な依頼客が次々と訪れて……情感豊かな筆致で綴り上げた、ハートウォーミング・ミステリ。

瑠璃の雫　伊岡　瞬

深い喪失感を抱える少女・美緒。謎めいた過去を持つ老人・丈太郎。世代を超えた二人は互いに何かを見いだそうとした……家族とは何か。赦しとは何か。感涙必至のミステリ巨編。

角川文庫ベストセラー

愚者のエンドロール　米澤穂信

先輩に呼び出され、奉太郎は文化祭に出展する自主制作映画を見せられる。廃屋で起きたショッキングな殺人シーンで途切れたその映像に隠された真意とは!?　大人気青春ミステリ、〈古典部〉シリーズ第2弾!

クドリャフカの順番　米澤穂信

文化祭で奇妙な連続盗難事件が発生。盗まれたものは碁石、タロットカード、水鉄砲。古典部の知名度を上げようと盛り上がる仲間達に後押しされて、奉太郎はこの謎に挑むはめに。〈古典部〉シリーズ第3弾!

遠まわりする雛　米澤穂信

奉太郎は千反田えるの頼みで、祭事「生き雛」へ参加するが、連絡の手違いで祭りの開催が危ぶまれる事態に。その「手違い」が気になる千反田は奉太郎とともに真相を推理する。〈古典部〉シリーズ第4弾!

ふたりの距離の概算　米澤穂信

奉太郎たちの古典部に新入生・大日向が仮入部する。だが彼女は本入部直前、辞めると告げる。入部締切日のマラソン大会で、奉太郎は走りながら心変わりの真相を推理する!　〈古典部〉シリーズ第5弾。

いまさら翼といわれても　米澤穂信

奉太郎が省エネ主義になったきっかけ、摩耶花が漫画研究会を辞める決心をした事件、えるが合唱祭前に行方不明になったわけ……〈古典部〉メンバーの過去と未来が垣間見える、瑞々しくもビターな全6編!